我曾何其有幸

余笑忠 著

长江出版传媒

长江文艺出版社

纪念我的母亲

余笑忠近照

午间临屏成诗一首《梯子》。

有倾斜的梯子
有悬挂的梯子

有的梯子很轻，一个人拎起飞跑
有的梯子很重，凡是很重的
我们都说重得像棺材

我的外婆从梯子上摔了下来
那是她生平最后一次
爬木梯

最陡的梯子是悬崖
用于攀岩，或以城略地
我只在梦中爬过

在没有梯子的地方，有时会搭起人梯
踩在别人的肩膀上，别人也踩在你的肩上

我就站在这首诗的底部
仰望都觉得幸福
                2020. 12. 8

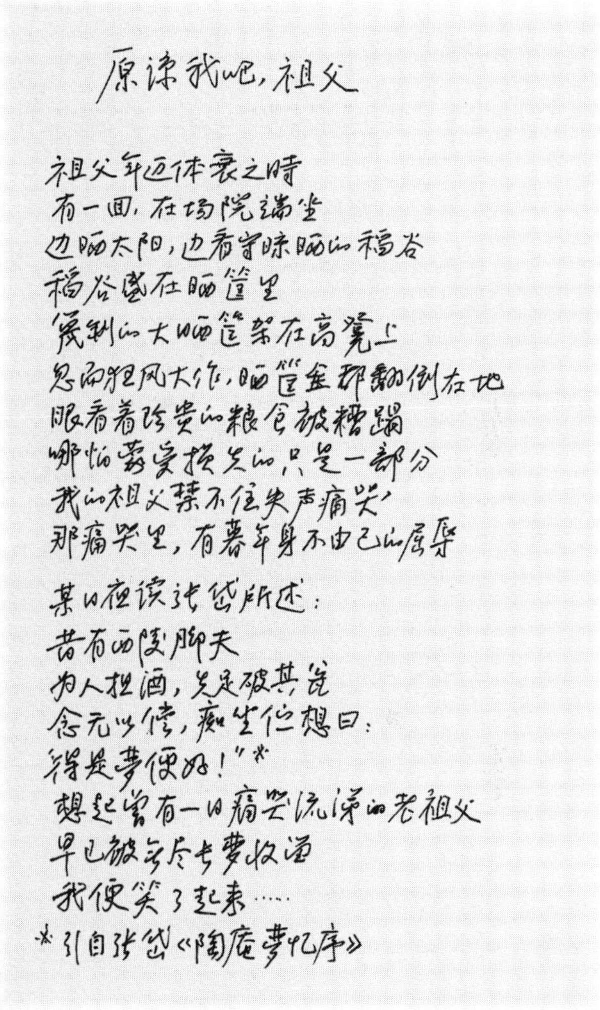

原谅我吧，祖父

祖父年迈体衰之时
有一回，在场院端坐
边晒太阳，边看守晾晒的稻谷
稻谷盛在晒簟里
篾制的大晒簟架在高凳上
忽而狂风大作，晒簟全都翻倒在地
眼看着珍贵的粮食被糟蹋
哪怕蒙受损失的只是一部分
我的祖父禁不住失声痛哭，
那痛哭里，有暮年身不由己的屈辱

某日夜读张岱所述：
昔有西陵脚夫
为人担酒，失足破其瓮
念无以偿，痴坐伫想曰：
"得是梦便好！"※
想起曾有一日痛哭流涕的老祖父
早已被岁月当梦收留
我便笑了起来……
※引自张岱《陶庵梦忆序》

余笑忠手稿

目　录

第二辑　2019 年诗选

第三辑　2020 年诗选

第五辑　2022 年诗选

第七辑 2024 年诗七首,写给母亲

第一辑

2018年诗选

火山石

我从云南没有带回珠宝翡翠
只带回了两块火山石
丢进水池里，眼见它们浮了起来
池底留下了一层细砂，黑色的微粒

它的身体千疮百孔
吐着自嘲的小泡泡
曾经烈火灼身，如今
不能碰撞出半点火星

被火掏空了，成了浮石
甚至不能作为镇纸
可以吸水，那就让它吸吧
即便饱吸之后也不能一沉到底

我不时把它拿出来
放在水里浸一浸……
让它从焚身之梦中醒来已为时太晚
只能让它一点点吐出
饱含的斋粉

2018 年 2 月 14 日

我们叫它……

我们叫它引擎盖，其实它罩着的不止引擎
我们叫它后备厢，它偶尔很满，其实多数时候
空空荡荡
我们叫它赛车
牧人说，赛马前马匹要有适度的饥饿
适度的饥饿也许同样适合赛车手
我们叫它过山车
它同时是一个形容词
伴有大幅振荡带来的尖叫
而面对一辆散架的车
我们只能叫它一堆废铁
它同时也是一个形容词
带有滂沱大雨中铁皮的喧响
以及炎炎烈日下野猫野狗的屎溺
从当道沦为在野，它以绊倒某人
磕破其皮肉
要我们称它为：铁骨

2018 年 3 月 30 日

相似之处

有谁见过狗在睡梦中痉挛
我没有。但深信不疑
我也会在睡梦中痉挛
身体的某种警讯
或冥冥之中的惊觉
动物性也暴露无遗

只是有时，在一阵痉挛后苏醒
想到另有一头动物
在某处也同时苏醒
而在另一刻，当我再次醒来
它的生命已走到尽头
好像我代替它一阵痉挛

每一次痉挛正像一只脚踏空
然后赶紧抓住别的什么东西
以使自己稳住
我们有相似的时刻、相似的境遇
有时挣扎的脚会狠狠地踹向
某人、某物
有时，我们身不由己，一同

跌入深渊

2018 年 4 月 8 日

乐　观

路边两棵小树，每逢仲春
浓密的枝叶合拢了
像一道拱门

我乐于看到
人们弯腰从那里经过

如果，这只是园林工人偷懒之故
那就让他们继续偷懒
如果，是他们手下留情
就请他们继续手下留情

冬天，那里畅行无阻
人们无须弯腰屈身
但我觉得那里仍有一道拱门

就像果树，在我们眼中
一直是果树
哪怕它光秃秃的

就像你，哪怕你一再加深

我的痴迷

2018 年 4 月 29 日

为滞留的大雁一辩

越冬的大雁，那些大家伙
从加拿大飞到波士顿
歇脚一个礼拜，继续往南
如今，这些过客
会在波士顿待上一个月，甚至更久
此乃拜气候变暖所赐
它们在波士顿的日子安逸了

所谓鸿鹄之志，看来只是季候所迫
就像被时差所困之人
每当深沉的睡意袭来，其实
并非贪图什么，只是
身体的一种本能
啊，躺下即是吾乡
不辨黑白，不问时日，不计东西

2018 年 5 月 19 日

偶　遇

黎明即起，沿江岸散步
凉风吹来，有宿债一笔勾销的快意
路遇三个女摄影师
正为一只小划子兴奋不已
用她们的话说，在开阔的江面上
一只小划子、一个男人驾船凌波而行
那派头——"看起来真是浪漫"
可以想象，她们的镜头将忽略
沉稳如老者的大货轮

在毗邻的草坪上
我独自目睹了另一幕
一条蛇缓慢地游移
接近路边的小树时
它也有过观望
然后扭身横穿过水泥路面
这造物完全失去了遮蔽
就在我的眼皮底下
它钻入一间小屋的石砌屋基
我知道，它同样来自江水中
但为自己如此平心静气的旁观感到惊奇

我没有投之以石

也许，我早已认定

如果你打死一条蛇

那死蛇，会转而在你的梦中现身

2018 年 6 月 17 日

莲　子

剥开一个又一个莲子
剔掉一个又一个莲心
所谓莲心，是一棵幼芽
白色。浅绿。深绿
绿色者微苦。有时
干脆连莲心一起吃下

记得那旧闻：埋藏于
泥炭中的古莲子，没有成为化石
千年后竟然开出花来
如此珍贵的礼物。只是
这荷花，当属于哪个世代？

我有过片刻的迟疑
看着莲心，那棵幼芽……
从它曲身的样子（像个问号）
到荷叶田田、莲花绽放
在我眼中
顿时用尽沧浪之水

2018 年 7 月 21 日

雨

每一场雨中，我看到的只是
雨的背影

它明亮的前额另有所属
我看到的只是拖泥带水
旋即进入大地的雨

我们在地上的日子何其短暂
每一场雨，都在为我们探路

那些被车灯照亮的雨
有着被惊醒的小兽的面容
而你，正是其中的一个

我所经历的每一场雨
是千万个不知深浅的你
一起赴汤蹈火

2018 年 7 月 23 日

野鸡翎

我不知道父亲如何捕获了一只野鸡
当他年近七旬
没有猎枪,没有弓箭,甚至
没有好视力
他一定激动过,为从天而降的好运气
同那份得意相比,野鸡的美味
都不值一提
他留下了一根野鸡翎
作为礼物送给了他的孙子
我们一度把它粘在房门上
没有任何寓意。最多如其所示
来自一只飞禽,美丽,时日难易其色
也许父亲暗自想到的只是:此物在世的日子
会比他长久

后来果真如此。只是我永远不知道
父亲如何在暮年捕获了一只野鸡
这个一生没有宰杀过一只家禽的人
他看到我冥思苦想
兴许会笑起来
要我们承认:他终于

赢了一回

2018 年 7 月 28 日

在一棵倒掉的杨树前

——给沈苇

我们的合影以它为背景
树干犹在，只是断裂处变黑了
从黑色之深浅，可以猜想
左边的树枝先折断
右边的，也未能幸免
几乎可以视作一种对称——
左边的树枝伸到了河床
右边的挨着河岸
河水太浅，像在一堆乱石间
开始还蹦蹦跳跳，后来因迷路
而小心摸索着的孩子

枯木再无良药，也不再需要阳光
黑树洞，或许是某些虫子
隐秘的避难所
薄暮时分，我们掉头离开了那棵倒掉的树
就像两个从深水中起身的少年
各自找到了
留在岸边的鞋子
因而更愿意
把它们拎在手上，以鞋底拍着鞋底

就像告别的时刻，我们
相互击掌，又双手合十

2018 年 10 月 6 日

礼 花

该托运的已经托运了

剩下随身挎包，和一副皮囊

我在指定的小台子上站定

自动张开双臂，当我的右手手指

与安检员的探测棒相触

霎时冒出了火花，像公然冒犯

来电了！在我和同性安检员之间

就像冬天，当我的手碰到车门

也会这样猝不及防

我是一个带电的人

一个动辄缩手的人

安检员笑着把我打发给了

他的女同伴

我的手回避着探测棒

旁观的另一位警员打趣说：

"这回应该没事，因为是异性。"

——多么圆满的解释

但我宁愿适得其反

为我和她之间

一生仅此一次的相遇，我甘愿献上

小小的礼花

2018 年 9 月 24 日，10 月 8 日

听李健在可可托海金山书院说起泰山

职业医生二十年。不甘于
做屋檐下的风筝，转而经商
不信"要有杀父之心"那一套
下海淘过金
转眼如流沙，从指缝间
漏得一干二净
所谓穷途，所谓穷困
就是冬天的天山，就是
屋檐下的风筝

不得不重新开始
一行行文字被反复改写，甚至
弃若敝屣。不得不重新开始
只为寻找自己的护身符、自己最后的药
如果有一双眼睛甚至能将失明者催眠
那么必有一双手，引你通过一道窄门

等待如此漫长，你从信徒变为赌徒
你要以远方的绝顶赌一赌运气
那一年，你说，你一意孤行
对妻子做了交代便孤身前往
你想说下去，但这之后

是哽咽，是漫长的停顿……

我没有去过泰山，但那一刻
仿佛从聆听者
变成了你的同路人
你对我们的掌声报以羞涩的笑
荣誉的到来总是晚了一步，就像
你的那条病腿
那一刻，我们所有人，居然忘了起立

2018 年 10 月 7 日—16 日

桂花落

公园里桂花开了
香得人魂不守舍

一个哑巴蹲下身来
对着一只猫
嘟哝着什么

看起来，他和它是老相识
看起来，他和它心照不宣

我认得他
目睹了这一幕，我像个偷窥者
忍俊不禁

他笑着转身走了
那满心欢喜的样子，更像是
弃我而去

2018 年 11 月 19 日

飞　度

在广西凤山，深冬犹见万木葱茏
少见的枯木，是河岸上几棵柳树
下垂的枝条片叶不存
它也一样陷入了困守啊
疏于昔日的顾盼与玲珑

举目而望，但见萧条的柳树
半身以上
又另表一枝
绿叶青葱，不同于细细的柳叶眉眼
莫非所见乃误识？

在渡口，撑船的壮族长者
为一船人解惑：那是寄生枝
鸟粪里的种子，借柳树生根
只是，仅凭这枝叶，我认不出
它来自什么树种

深冬，这柳树集荣枯于一身
寄生枝有幸占了上风
这算不上新奇的发现
只是印证了飞翔的生灵

介入了物种的播迁、流变
如果它带来了可怕的病菌
那是谁让它吞食了恶果？
追溯起来，何其艰难

2018 年 12 月 14 日

松 鼠
——狄金森故居所见

那里是松鼠的天堂
傍晚的草坪上，松鼠
抬起前腿，做站立状
好像它们也可以做出
拍手欢庆的动作
也可以抱着它们的小杯子
为春天的到来畅饮一番

挂满松果的大松树下
另有一只松鼠
从早上一直到傍晚
只在树根那里刨土
它很警觉，但只限于偶尔抬头
或许也有悲哀，那是一只
抱病的松鼠，正竭尽
最后的力气，自掘墓地
越来越缓慢了，它翻出
一块又一块新土
到后来，它翻出的泥土
只能以颗粒计。这就是
它的自我救赎，最后，拼死以求的

不过是为了免于落入
别的什么家伙之口

2018 年 5 月 26 日，12 月 30 日

第二辑 2019 年诗选

引 水

取水之前，往压水泵里
倒上一瓢水，我们学着顺势按压
井水汩汩而出，这么快
就涌泉相报

后来我们用上了自来水
水龙头更加慷慨
只是再也无从知晓
水，来自哪里

已无饮水思源之必要
但要谈起井水，我还是会想起
黎明时分弯腰按压水泵的动作
少年的我曾大汗淋漓

如果遇上这样一个井台
我知道，我仍然会跃跃欲试
让井水灌满两只木桶
还是那样，在担水之前
——我甘愿卑躬屈膝

2019 年 4 月 15 日

去　向

周末，早晨六点破例起床
听到一只斑鸠在近处啼叫
一声又一声
为一探究竟，我走上阳台
开窗的刹那，自落地窗下方的边缘
一只斑鸠扑棱棱飞走了
……竟有怅然若失之感

如果夜里一直窗户大开
它会不会进来呢
不，问题不在这里
问题在于它正叫得起劲
而我的好奇终致侵扰了它
不，问题也不在这里
问题在于总把鸟鸣幻想成召唤
而飞鸟，从不和我们
缠绕在一起
它唤来的黎明，有时
又不知去向

2019 年 4 月 14 日—22 日

鞋带问题

我穿过的鞋子，有的走着走着
左脚或右脚的鞋带
松散开来
出问题的鞋子，总是同一只脚上
鞋带老出问题
好在问题不大，可以随时停下
弯腰系紧
好在没有被卷进溃逃的队伍中
不会有致命的风险
可以处之泰然，感激这小小的尴尬
将自己打回原形——
双脚并不完全对称，如同双眼
步幅也不完全相等，如同双眼的视力
完全有可能绊倒自己，偶尔
这时可以哈哈大笑
为紧绷的雄心，与有限的张力之间
形成的死结

2019 年 5 月 2 日

庙　堂

在旧宅的荒地上，婶婶盖了一间庙堂
那是我所见过的最小的庙堂
一人勉强可以容身
只有香案，没有偶像
她礼敬的只是祖先
因此，它甚至不能称为庙堂
于我婶婶而言，它显示了一种存在：
"在我有生之年，我必躬身祈祷
在我有生之年，它将洁净如新
我将一天天变小、变暗，它将
美轮美奂。"

2019 年 5 月 9 日

最后一课

一位诗人的老母亲，中风后
把她的拐杖叫作针
与其说，她的语言能力
退回到婴儿期，不如说
世界在她眼中
变得很小很小了
所有的逆来顺受
不过是被磨成了一根针
而我们轻信的语言
像气球那样被一一戳破
再没有什么
比这更称得上是
一针见血

2019 年 5 月 25 日

也许……

深夜，起风了
有时分不清风声和雨声
开窗，伸出手去
为感知到雨滴的清凉而欢欣
没有雨的时候
仿佛期待落空
像一个盲丐
羞怯地收回自己的手
去睡吧，去"长眠在自己的命运上"
无人。无人可以呼风唤雨

2019 年 5 月 27 日

秉烛夜

停电。在阳台上点燃一支蜡烛
不记得这是何时留下的
烛身弯曲，似乎因长久的等待
而昏昏欲睡
一阵阵晚风吹来
摇曳的烛火显得精神了
不过，它不会因此大放光芒
也不能催生什么
只有反光，透过双层玻璃
一支变成了两支，一大一小
烛火下的桌子几乎被隐去
因此，反光中的两支蜡烛
像在一片虚空中，由一只
不可见的手托举着，静静燃烧
那样忘我，又无时无刻
不在追忆前身

2019 年 6 月 5 日

变形记

你不知道，从河水中捞起来的
湿漉漉的草帽
戴在惊魂未定的
少年头上
会有多么沉

多么沉。那浸透了草帽
不再滴下的水
像要在我头上
蓄意酿成一场大火。你不知道
最好

2019 年 8 月 3 日

留　白

从前有一位画家
嫌他门前的梧桐树脏
命家童每天擦洗，而且
水也必须是干净的
日复一日，他眼中的树
还是脏，惠能的那一套
他置若罔闻。这个洁癖大王
惜墨如金，画作冷寂萧条
多留白
不过，留白之处
被后代帝王
题词、钤印

他被征税官抓捕
因为龙涎香的味道
暴露了他的藏身之处
他遭受的奇耻大辱
是狱卒用铁链将他拴在
厕所的马桶边
画家忧愤而死。唯有死
才是最大的、最后的留白

但这样的留白谁不会呢
就像被他折腾死了的梧桐树
俗物一经燃烧，必有烟火
尽管无补于
画中的烟霞之色，也不可能
与龙涎香同日而语
唯有他天下第一的洁癖
像他笔下省略的波浪
——那永远喂养不大的孩子

2019 年 8 月 15 日

熊孩子的辩解

森林里，蜜蜂嗡嗡，义愤填膺：
棕熊太不要脸，太不要脸
那么大的家伙还偷吃甜食

棕熊仰头回答：对不起，亲爱的朋友们
我的身躯庞大，需要很多的灵魂
就像南方的大象，得有粗壮的腿

蜜蜂们好奇：你的灵魂是苦的吗

棕熊气喘吁吁，眯缝着细眼
我的灵魂太过陈旧
不像你们，总是那么新鲜
不像你们，总在快乐地吮吸

你的灵魂那么苦，为什么不去找酒呢

熊孩子一边舔着舌头，一边点头称是：
酒确实好，确实是好东西
我曾偷偷尝过，差一点烂醉如泥
可是你们也知道，这森林里还藏着猎人
棕熊鼻子一阵猛吸，捶胸顿足：

我的兄弟就死在他们手里
我的心能不苦吗

那你去找猎人报仇啊，为什么动我们的蜜呢

哼，你们，还有你们的巢穴
就是为猎人指路的
棕熊凶相毕露，反咬一口。

2019 年 8 月 16 日

隔岸观火

我很早就认识了火
灶火、灯火、烈火、暗火
野火、怒火，甚至萤火、欲火、无名之火
认识冰火则太晚
有一回，我取出用于保鲜的干冰
放进厨房的水池里
打开水龙头，顿时嗞嗞作响
冒出的浓雾吓得我后退三尺
自来水和干冰之间
温差形成的敌意一触即发
没有火的形态，却有玉石俱焚的惨烈
我想那应该称之为冰火
我想我成了隔岸观火之人
不见灰烬，只是如鲠在喉——
我们取来的哪一瓢水，不曾
千百次沸腾？

2019 年 8 月 20 日

父亲栽种的板栗

父亲过世六年之后
我才知道他生前栽过板栗
在家门口对面的旧菜园里
去年已经挂果，今年是第二茬
昨天，两个妹妹摘回满满一袋
午餐时，我们品尝了新鲜板栗的美味
一棵幼树，终于成为果树，终于果实累累
这正是早已什么都咬不动的
我们的老父亲，冥冥中期待已久的一天

那板栗树
它的根系，在黑暗中一寸寸掘进
它的枝干蓬勃、茂盛，一展抱负
但伸向了邻家的菜地
在那人看来，这果树吸走了土地的肥力？
或许，以他争强好胜的性格
不愿屈尊于一个死鬼种的果树下？
他挥刀砍掉了几根枝丫

果树招来了敌意
这是父亲万万没有想到的吧
我们不会因为果树挨了几刀

就去跟人理论，他已垂垂老矣

"年年点检人间事，唯有春风不世情。"①
我相信树木的自愈力，来年
板栗树依然绒花满枝
随风飘曳的长穗，懵懵懂懂……

2019 年 9 月 2—10 月 20 日

---

① 引自唐代诗人罗邺《赏春》。

剥豆子

那年年成不好，夏天干旱，秋天多雨
从田边地头拔回的黄豆禾，有的
已经烂了。后面的几天
照天气预报说的，也没有一个
像样的日子
如果有好日头，那些豆荚会裂开

我和弟弟、外甥在母亲身边围坐
为微薄的收成
重复简单的劳作
我故意把手抬高一些，这样
从豆荚里剥出的每一粒豆子
落进筐里，显得掷地有声似的
这样，每一粒豆子
好像有了不一样的分量，就好像
不只是我们四个人，听到这声音

2019 年 10 月 23 日

母亲的比喻

今天，母亲在电话中说
有两只母鸡病了
厌食。粪便是白色的。咳嗽
我无法想象母鸡咳嗽的声音
尽管母亲打了个比方：
像人一样的咳嗽
我熟悉另一个比喻："唯有爱和咳嗽
是藏不住的。"
母亲给两只鸡喂了药，但还未奏效
今年夏天，母亲说起老母鸡生病
也是打了个比方，说"像人一样地害病"
其实母亲的意思是说，那母鸡跟人一样
老而病弱
我真希望听到
母亲这样说起它们：像人一样笑出了眼泪
尽管，那也一样难以想象，但我们
必定会心一笑

2019 年 10 月 27 日

深 喉

淋浴完毕，关掉水龙头
畅快的水流声没有了
但不会马上安静下来
积水是都流走了，下水道
仍在喋喋不休
像长长的队列中
那些远远落在后面的
突然慌了神
而走在前面
一路摸黑下去的
仍不知深渊之深

2019 年 11 月 3 日

沉默的力量

晨雾弥漫。大巴
从城中驶向郊外，不能马力全开
到处都是灰蒙蒙的
像太多的神秘大亨
还懒得从他们的宝座上起身
一路山重水复，偶尔
隧道里才有大光明

凭窗而望，一只喜鹊衔枝而飞
看似要穿越高速公路
我目测着
它飞行的速度、高度
偏偏是真的！在交错而过的瞬间
我知道，行驶的大巴卷起的气流
我知道，喜鹊无暇惊呼
唯有镇定，奋力振翅
唯有咬定嘴中的树枝
……那一刻，我唤我们为生灵

2019 年 12 月 9 日

触　动

相对于它的死
一只黑知了，它的身体
还是过于庞大了
尤其是，把它放在
一张白纸上

一不小心碰到了蝉翼
它并不薄，只是透明
并不是很透明
只是相对于
身体的黑。死去的黑
无声的黑
在台灯下的这张白纸上
又被放大的黑

一旦掩卷熄灯
黑知了仿佛将起身相迎
即便它可怜如先知，早已
掏空了自己

2019 年 6 月 30 日—12 月 12 日

即 景

我本应仰望它们

只是由于楼层的高度，变成了俯视它们

大雪节气之后，白杨树的叶子所剩无几

鸟雀们也不再群集于光秃秃的树上

只有两只喜鹊以此为乐园

忙于在树杈上搭窝

每天都有生动的一课

太聪明了，它们选取的小木棍，长短都合适

但不是简单地累积。太灵巧了

它们可以把小木棍弄弯以符合加固所需

太神奇了，它们猛啄树干像预先去除可恶的瘤子

同样神奇的是，它们选定向阳的南面作为入口

当然，太不容易了，它们要飞到几十米之外或更远

找来一根又一根

你不会比它们更懂得什么叫凄风苦雨

尚未建成的窝里不时有细枝掉落

你不会比它们更盼望春天

它们的巢搭好之后，就会孵出一窝小的

它们将轮流守候雏鸟，你不会比它们

更懂得什么叫心惊肉跳

从一无所有，到寒枝上新巢落成

每天，吸引我凝望的是它们忙碌的身影
怀着好奇、赞叹、担忧、欣喜
最终是欣喜和赞叹——
恋人们如果许愿，应该到鹊巢下
如果许愿并不过时，如果许愿并不附带
这样的前提：鹊巢只是暴露在阳光雨雪中
而不是火光中，不是电锯执行的判决中

2019 年 12 月 17 日—21 日

高 度

小时候，有个表哥爱捉弄人
手持粉笔，在尽其所能的高处
写下我的名字，再写上"坏蛋"二字
而我无法涂掉它
作为报复，我也写上他的名字和"坏蛋"
不过他轻而易举地涂掉了自己的名字
再换上我的名字
我只有在他走了之后
才能爬上梯子，享有占领制高点的快乐
在"坏蛋"之前，面壁写上他的名字

我的朋友在他的办公室高挂一块白板
每天在那里粘上一张宣纸
每天他得仰起脖子，手也尽其所能地抬高
每天如此面壁，顺带治疗颈椎
日复一日，中楷手书《心经》
落款之后，写下"沐手"
我的朋友每天都用敬语
心中自有敬畏，有戒律，有自我校正的尺度

2019 年 12 月 28 日

回　答

门前的大河有时水深有时水浅

水浅的时候我们也很少过河去对岸

对岸的炊烟升起来了，我们这边也一样

对岸有牛冲过来了我们会往他们那边赶

有时听到对岸有人高喊一个人的小名

喊得很焦急

我们这边会有小孩躲在大树背后高声回应

直到挨了一顿臭骂

对岸又有人在高喊一个人的名字

声调拖得长长的

我们这边又有人冒名顶替

挨了一顿臭骂，是我们这边的大人骂

天打雷劈的，人家那是在叫魂

自此之后，我们再也不敢应答

对岸还会有人高喊一个人的名字，声音越来越急

我们也跟着很着急，心想为什么还没有人出来

答应一声？哪怕是

冒名顶替的也好

夜里，有人在河滩上生火，那火像一种

神秘的口音，拼命张口说话

2019 年 12 月 31 日

第三辑

2020年诗选

连日雾霾中读托卡尔丘克《云游》

聪明人说，不要和夜晚赛跑
是的，如果面壁胜于一日所见
聪明人又说，可以和夜晚赛跑
在梦里
是的，在梦里抬头就是蓝天
碧空如洗
你不在云端，也不在
石头落下之处
你在自由地呼吸
是的。但你如何保证
做梦的你不是小蝌蚪
目近于盲，曳尾于泥
对一切险境一无所知？

2020 年 1 月 5 日

高原反应

有人从西藏旅游回来
白天嗜睡。反应迟钝
盯着电脑页面，一小时不动鼠标
和他对话像从前接听国际长途

他成了一个慢人，似乎时时若有所思
也有人干脆说他精神恍惚
进而猜疑
他是不是无意中犯了什么禁忌
比如在某个寺庙
抑或中了高原上某个稀有物种的毒
他自己无从证实
刚回来时人们是这样形容他
精神像受到了洗礼
他的迟钝也被理解为
对很多东西看得很淡
仿佛某种力量潜伏在他身上，并且继续
以一种缓慢的速度在演变
我们庆幸，他只是迟钝而没有忘记
自己的语言

他成了一个谜。也许冥冥之中他被选中

作为极少数特例，以证明西藏的神奇？

他见过我们未曾见过的，那震撼

不亚于在拉萨生活多年的诗人朋友

写过的一个梦："一只鹰鹫向我俯冲

索取它的前世"。①

2020 年 1 月 12 日——13 日

---

① 引自陈小三诗作《喜马拉雅运动》。

不　安

没有哪一团火自愿蛰伏
接近瀑布的水流加快了速度

瀑布之下，深潭中
有人向你游来
手上擎着火把

火，要么让人失去藏身之地
要么像一颗失效的药丸

你知道，擎着火把的人
奄奄一息
而你逃离之快像全速接力

2020 年 1 月 17 日—18 日

耳　洞

耳朵越来越脏
太多油腻之物
即便如此，耳洞
仍然阻止手指探入

感谢造物主吧
蜿蜒的耳道自设禁区
对洁净之名说不
对如雷贯耳说不

最哀恸的时刻
不是大放悲声
是不知何时，流进耳洞里的泪水
让隐忍的人蓦然从梦中惊醒

那泪水最悲凉、最滚烫
耳洞受造于羊水中，容得下哀伤之泪
但也像
以惩罚自己来替我们抵御
莫大的悲苦

2020 年 2 月 7 日

苦　楚

在阳台上透口气，自夕阳西下
坐至暮色降临。鸟鸣渐稀
接近满月的月亮
越来越亮
真像灵药终于现身
从窗口吹进来的风
像小心翼翼地吹着
你手上捧着的一碗药汤
喝吧，低头喝下这空幻之药
苦的。而多少游魂
正欲一尝

2020 年 3 月 7 日

干净老头
——纪念马克·斯特兰德

人年纪越大，待在盥洗室的时间就越长
人越悲从中来，待在浴室的时间就越长
盥洗室即浴室。更衣兼祷告

难的是做一个干净老头
身体无异味。干净又体面
每次上医院，穿戴整整齐齐
（像去教堂，尽管教堂快要破败不堪）
因为难保
不是最后一次

2020 年 4 月 10 日

天台上的跑步者

临近傍晚，在阳台上看天色
眼睛的余光瞥见东面的天台上
有一个跑动的人影
定睛一看，不见了
稍等片刻，又跑了过来
天台上的两个储水间
构成了几个死角
他的出现断断续续
好像一会儿挣脱了什么
一会儿又陷在了哪儿

每每出现在我的视线中，他总是
拐着弯跑，以绕行代替直行
这个在临时场地另辟蹊径
却不能甩开脚步快跑的人
好像在为这么多日子以来
画地为牢、四顾茫然的我
找出一个答案

天色越来越暗。街灯亮了起来
他脱掉了上衣，悠闲地踱步
终于从一团乱麻中脱身了

终于可以宽慰自己了
熟悉的万家灯火
从来没有如此明亮，如此明亮

2020 年 4 月 17 日

无　题

来不及吃的红薯发芽了
变成了不能吃的红薯
来不及说的话给咽回去了
变成了不能说的话

把发芽的红薯埋进土里吧
箴言如是说
把不能说的话埋进心底吧
就此陷入沉默

这是一个错误的类比
你的语言不会长出真实的叶子
你的沉默必将一无所获
石头不能借由雷霆、暴雨
改变什么

在如此严肃的话题下
一颗红薯显得微不足道
在被人遗忘的角落悄悄发芽
俨然宣告它的新生
它有日益枯竭的一面

它有被唤醒的、天真的一面

2020 年 5 月 12 日

羞　愧

总是在就寝之前，关灯后
为寻找某物，又重新开灯
总是在眼前一黑之时
又鬼使神差，蓦然清醒

你的摸索是个讽刺
你追加的光明显得刺眼
以至于不得不赶紧关掉
就像快速止血

2020 年 5 月 16 日

雍 容

你见过单腿独立的鹤。

"鹤立鸡群?"——那只是

一个比喻，鸡和鹤，从不会同时出现。

我熟悉这样的场景：母鸡领着一群小鸡，

鸡娃太幼小，像简笔画那样可以一笔带过，

它们不停地叽叽喳喳，像对一切

都连连叫好。

母鸡步态从容，抬起的一只腿，

缓慢地着地，这使它看起来

像舞者单腿独立般优雅

每每急匆匆从它们身边跑过，

少不更事的我，完全不懂得母鸡的焦灼，

那时，我乐见鸡飞狗跳……

2020 年 6 月 13 日

当大提琴在高音区低吟

有时，听到一阵喧闹的大笑
会觉得刺耳
是的，人们更应该尽情欢乐
正如一位波兰诗人形容的——
"黑暗的电影院渴望光芒。"①
但我还是对恣意欢谑感到不适
自觉越来越像
阴雨催生的蘑菇
害怕过于炽烈的阳光。不过

在旅途中，每当临窗而坐
我是喜欢拉开窗帘的那一个
无论火车还是长途大巴
大部分时间是在穿越空旷之地
我贪婪地看着
树木、田野、山川
那里没有需要我去辨认的面孔
没有需要我去揣摩的表情、言语
我甚至偏爱
苍茫的荒野，尽管

---

① 扎加耶夫斯基诗句。

它更像讳莫如深，又加深了

我的迷茫。我不知道
一个过客，一个旁观者
能够从大地上认养什么
我只知道，当大提琴
在高音区低吟，它更像悲泣
和祷告
我只知道，当人们高唱
人生如梦，其实早已忘却
万物有灵

2020 年 7 月 11 日

母猪肉

工人师傅递给我一支烟
"烟不好，母猪肉。"
接了他的烟
想不出合适的客套话
只好报以憨笑
没吃过猪肉，总看见过猪跑吧
多好的比喻啊，你当然看到过
脊背弯曲的母猪，争抢乳头的幼崽……
你当然知道，那些生产过的母猪
也难逃被宰杀的命运
皮肉老、难吃，不可以次充好
当然价格便宜
母猪肉也是肉啊，凑合着
也算打个牙祭
但母猪，在我们老家不叫它母猪而是
猪娘——仅仅是词序有变、文白有别？

你当然知晓
雄辩的庄子曾以母猪和乳猪说事：
孔丘途经楚国时，曾见过一群小猪
吮吸刚死去的母猪的乳汁
不一会儿它们都惊慌逃开

庄子要我们领会的是何为本质

"所爱其母者,非爱其形也,爱使其形者也。"①

(听起来多像"有奶便是娘")

而本质不存,就像被砍断了脚的人

不再爱惜自己的鞋子

多好的比喻啊,如果你不再追问

人何以断足,更不必追问

母猪一死,乳猪何以为生

2020 年 7 月 25 日

---

① 见《庄子·德充符》。

辣　椒

母亲照例种了辣椒
她胃不好，种辣椒
只为将辣椒晒干
变成调味的干辣椒壳、红辣椒粉
今年是灾年，雨水也多，没法晒
母亲灵机一动，将辣椒切碎
拌进谷糠里，成了鸡饲料
十九只鸡，有的还是雏鸡
没有一只不吃的
连母亲都觉得奇怪
不会是饥不择食吧
想想它们的胃，沙子都容得下
我对母亲说，这些鸡太有福气了
记得二十多年前，寄身于
闹市区的偏僻小巷
我曾非法饲养过两三只鸡
其中一只老了，下了软蛋
它硬是一口一口，将不成器的蛋啄得稀烂
我知道那是营养不良之故
我见识过那小人物般的羞愤

2020 年 8 月 17 日

药引子

少年时吃过中药，药引子是"地团鱼"
"团鱼"是鳖，"地团鱼"是何物早已忘记
只记得是爬虫，从鸡坩里捉出来的
那么脏的东西，投入药罐子里煮了
大不了——是药三分毒
只是不明白，是不是非得药引子
才能把药力催出来，就像点燃鞭炮引子
或雷管的导火索？
只好谨遵医嘱，不敢有半点马虎
那些被我活捉的虫子，白白送了性命
这一重药味，岂是一个少年所能悟得
好在只是以"地团鱼"作为药引子
还没有荒唐到吃胎盘
似曾记得，那偏方
是给几乎无可救药之人

2020 年 8 月 20 日

天然的亲近

街边小摊上，有人摆出蜂蜜
不知哪里来的一只野蜂
扑在瓶子上，痴迷地探索
孜孜不倦地叩问，但注定永远碰壁
摊主不无得意地说，最壮观的时候
招来过一堆小蜜蜂
瓶子上密密麻麻一圈又一圈
点蚊香熏都不奏效，只好动手赶开
但遇到这样的大野蜂
不敢徒手对付，她拿起苍蝇拍
指给我看地上的一只
似有无奈杀生的歉意

这些都是她老家大悟的蜂蜜
槐花蜜、枣花蜜、山花蜜
荆条蜜、五倍子蜜、益母草蜜
对瓶子上标记的名目我将信将疑
但我乐于相信
她把故乡的山花都搬过来了
我怎么好意思
空手而归

2020 年 9 月 6—7 日

青　海

黄河岸边，我看到熟悉的麦子
熟悉的农家场院
傍晚的风吹着

母亲和她的女儿，坐在摊晒的麦堆上
小女孩跪立，搂着母亲的脖子，捋着
母亲的长发，那样子像反串母亲
捋着女儿的头发
母亲顺从地歪着头
她们有说有笑

我听不清她们在说些什么
因为不好意思
离她们太近

我到过青海。我见过
那里的高山、雄鹰
大江大河的源头
我畅饮过那里的美酒
但没有写下只言片语

那个傍晚的风一直吹着

我一直侧耳听着
傍晚的阳光默默敞开胸襟
为黄河之水，为麦场，为农家母女
也为跌进沟壑里的
破旧的轮胎

2020 年 9 月 11 日

后遗症

山羊好斗，犄角是各自的武器
虽然都只是小打小闹，彼此伤害
还是在所难免
防患于未然，在它们还是幼崽的时候
羊角就被锯掉
(这不是需要羊角号的时代
羊角，要它又有何益)
牧场主轻描淡写：手术只需 20 秒
麻利、无痛、安全可靠

背后的算计无非是产量
羊奶是从乳头上挤出来的，但出自
整个身体
身体中天然的一部分被祛除
它们的性情
会不会悄悄生变?
万一，因为看中同一片草甸
它们遇上了
没有去掉犄角的羊群?

2020 年 10 月 5 日

论"偏袒的母猴"

母猴有一对双胞胎

她会把喜欢的一只抱在怀里

把不喜欢的一只扛在肩上

当她被狩猎者追捕时，一旦精疲力竭

犹如急促的鼓点戛然而止

怀中的小猴子掉落在地

背上那只猴崽因为紧紧抓住母亲

反而死里逃生

这寓意是："怀中的小猴子代表世俗欢乐

越抓越抓不住

背上的猴崽代表精神美德

紧要关头不离不弃"①

但如果，母猴一胎不止两个

她偏袒的始终如一，怀里还是只有一个

她肩上会有几个幸运儿

能同时紧紧抓住它，免于沦为

笼中之物？

---

① 见包慧怡《虚实之间的中世纪寓言集》（载《读书》2020 年第 9 期）。

只要稍加怀疑，象征精神美德的
倒更像难以承受之重
自认被命运宠爱的少得可怜
被命运拨弄的多如恒河之沙

2020 年 10 月 18 日

平沙落雁

河滩上，数百只大雁，黑压压一片
喧嚷的舞台，认不出头雁
看不出长幼之别
更远处，还有雁阵沿河岸低飞
它们的白尾巴，因为绿树映衬
成了薄暮时分
最后的亮色

翻山越岭而来，以欢鸣
一路接力而来
那幼小的在高处，被有力的振翅
扇起的风轻轻托举

这庞大的部落，不爱啸聚山林
独爱一目了然的沙滩
独爱傍水而眠

河水静静流淌
恭候这些从天而降的过客
轻轻落地

遍及河堤的巴茅

不再甘于罚站，不再冷眼相顾
而是怒放如花

2020 年 10 月 19 日

答　问

从前，我安静下来就可以写诗
现在，我写诗以求安静

从前，风起云涌
在我看来，一朵云落后于另一朵
现在，雁阵在天空中转向
我看到它们依然保持着队形

从前，乱云有泼墨的快意
现在，倾盆大雨也只是一滴一滴

从前，我的诗是晨间的鸟鸣
现在，我的诗是深夜的一声狗吠

从前，我是性急的啤酒泡沫
现在，我是这样的一条河
河床上的乱石多过沙子，河水
宛如从伤痕累累之地夺路而出

从前，我渴望知己
现在，我接受知己成为异己

我将学会接受未来
也请未来接受这虚空
面包中的气泡、老树和火山石
空心的部分

2020 年 11 月 1 日

界　限

小区院子里，有人边走边唱
"我正在城楼观山景
耳听得城外乱纷纷。"
《空城计》。老戏迷。
夜晚的小区
钢琴、单簧管、萨克斯时有耳闻
有一阵，一支乐队常在露台上排练
他们中有人弹奏中阮
这些琴童、业余音乐人，全都是只闻其声
唯一认识的一位
也只是点头之交，美声，男中音
所有那些人都只在各自的房间练习
在户外，如此忘情高歌者会是何人？
"我也曾差人去打听，"
放慢脚步，循声而望
远远看到他正从篮球场那边走来
"打听得司马领兵往西行……"
拐弯，路过幼儿园侧门
那里光线更暗，他干脆驻足不前
就像为了唱到此处：
"诸葛亮在敌楼把驾等
等候了司马到此谈谈心。"

再拐弯，幼儿园正门

直行，小区大门

隔着通道，我认出那是一位老人

同他底气十足的声腔相比，身形显得单薄

唱得好啊，出门就是路灯高照的街道

我不禁暗自期待：他伫立街头

旁若无人继续一展歌喉：

"你到此就该把城进，为什么

犹疑不定进退两难，为的是何情？"

但他戛然而止

那栅栏、那街亭

似乎正是他自我设定的界线

不关乎勇气，不关乎技艺

似乎只要越雷池一步，他就会觉得

哪怕唱得再好，在自己听来

也是假声假气的

如同饱蘸浓墨，也无法在蜡纸上落笔

2020 年 11 月 7 日

梯　子

一架梯子，快，一架梯子！
————果戈理临终遗言

有倾斜的梯子
有悬挂的梯子

有的梯子很轻，一个人拎起飞跑
有的梯子很重，凡是很重的
我们都说重得像棺材

我的外婆从梯子上摔了下来
那是她生平最后一次
爬木梯

悬挂的梯子晃晃悠悠
用于攀岩，或攻城略地
我只在梦中爬过

在没有梯子的地方，有时会搭起人梯
踩在别人的肩膀上，别人
也踩在你的肩膀上

我就站在这首诗的底部
仰望都变得奢侈

2020 年 12 月 8 日

第四辑　2021年诗选

少年之交

也许始于借墨水：
从一支钢笔里挤一点出来
让另一支钢笔的笔舌吸进去
这过程像盟誓
我们不介意
两个人的手上，都沾染了墨迹
这墨迹不是污点
这墨迹还会从别的地方冒出来
作为特殊的标记
有时允诺让我们会心一笑
有时又让我们黯然神伤
作为类比，它已全然失效
像最终拔掉的针管里
滴出的药液……如污渍

2021 年 1 月 9 日

近乎慈悲

两棵桂花树
站在稍远的地方看
简直就像一棵
最能显示它们确实是两棵的
是这样醒目的分别：
一棵是死的，一棵是活的

它们挨得太近了，像孪生的一对
它们的根应该挨得更近
所谓生死相依
所谓无常，莫过于此

又是冬天，园林工人
照例给树身涂石灰水
在他们手下，两棵桂花树
得到同等的呵护
他们明明知道，有一棵是死的

2021 年 1 月 14 日

"没什么"

当有人问起"怎么啦",你的回答总是
"没什么"
听到别人也如此回答,你便沉默不语

没什么。如此艰难的两年
你的苦痛微不足道
没什么。清晨依然有鸟鸣声声
阳光下依然有蜜蜂飞舞
没什么。列车到站经停
或早或晚又呼啸着离去
没什么。你宁可待在不为人知的角落
无须面具,无声无息
真的没什么。在太满的世界上
另觅一道空门
在梦里,你永远是个新人

告诉我,那在黑暗中蠕动的白蚁
不是你

2021 年 2 月 6 日

熊猫论

——读艾米·里奇《美味森林里的激进熊》

肉食动物的身体结构
草食动物的胃口，甚至
更偏激，极端的素食主义
独爱竹子，独爱在大嚼中苦修

毛色简单到只有黑白两种
爱攀爬，在树上，在积雪的坡地
毛茸茸圆滚滚的身体
以跌倒、翻滚为乐
憨态可掬，但谈不上是大自然的宠儿

不成群结队，也不占山为王
赖以栖息的地盘越来越小
冥顽不化，我行我素
天然的卡通形象，不在乎
称其为熊猫，还是猫熊
当它们被带离栖息地
转为人工饲养，又成了最刁难的
最难以伺候的

一个未解之谜：永不进化的本性

绵延至今。温和得像被驯养过
偏激得像自我弃绝
以此度量着世界，度量我们心中
日益让渡的失地

2021 年 3 月 14 日

如沐春风

宿醉后早早起来洗漱
村中一位老哥正从门口经过
上次见面，是他从镇上赶回
参加我爹的葬礼那会儿
一晃快八年了

他挑着一担草皮，是新挖的
给他敬烟，问他担草为何
母亲耳朵灵敏，没等那老哥开口
就替他为我解惑
他父母的墓地土质不好，光秃秃的

哦，原来如此
别人扫墓只是祭拜，他得培土、种草
好让那荒丘上
有绿草圈出的一片
好让吹过那里的风
乐于跟绿草相认

2021 年 3 月 28 日

谦 恭

给父亲上坟，除草翻出的
新土里，跳出一只小土蛙
小家伙憨头憨脑
对人毫无戒备之心
不紧不慢地蹦跶

我们都有锄头在手，站着
稍事休息一会
等它平安离开这里
我们惊扰了它的白日梦
不是我们真的把它看成小王子
而是在我们眼里，来自墓地中的它
仿佛负有使命

2021 年 3 月 28 日

野鸡蛋

到旧菜园挖笋的人
惊动了孵蛋的野鸡
意外的收获不费吹灰之力
他双手捧着野鸡蛋回来
十枚，全都热乎乎的

就这么一窝端了吗
那仓皇逃走的野鸡，什么时候
才能站得稳啊

2021 年 3 月 30 日

檐下雨

雨是天意。檐下
密集的雨帘是传统
回来的人，无论光着头
还是撑着伞
都必低头穿行

檐下摆了木桶
雨水留下一小半，跑掉一大半
反过来说也成立，不过
留下的皆是布施

在檐下洗手、洗脚
像自我款待
夜来听雨，分不清檐下雨
和林中雨，偶然的夜鸟啼叫
像你在梦中翻身
认出了来人

2021 年 4 月 6 日

渡　河

时近傍晚。河水清澈明亮，仿佛足以
让暮色推迟降临
赤脚的小男孩正在水中忙碌
不时弯腰去加固
用作跳墩的那一溜石头
相较于流水，他的全部努力
不过是顾此失彼
大石块明显不够，他也不会认真到
让别人走一两步，再把后面的石头
挪到前面——他没那么大力气

站在河边的红衣女孩决定过河了
扛着新买的风筝，彩条飘飘
像她头顶别样的装饰
她已料定鞋子会被打湿
但即便一只脚掉进水里
另一只脚还是去够垫好的石头
以保全一只鞋子
这样，她好像挽回了一点什么
她真的做到了，她的全部努力
既是为自己，也是为先前忙碌的男孩

这是两条河交汇之处
稍远一点的地方，就是他们
尚未涉足的大河

2021 年 4 月 15 日

你看到了什么

电脑尚未打开时，显示屏上
灰尘清晰可见
显示屏一亮，灰尘隐匿

关机，黑屏，那些光鲜的东西
随之消失
灰尘现身。同时映现出
一个模糊的投影，那是你
面对另一个你——
深渊的中心，一个蒙面者
等于所有的无解

一个小小孩，坐在电视机前
盯着空空的屏幕发呆
他说他在等人，因为那里面
明明有位小姐姐
对他说"亲爱的，亲爱的"

2021 年 4 月 16 日

艰难的追忆

我和我叔叔天蒙蒙亮就去往山上
已是秋末，我们都加上了外套
那里没有路，打着手电筒
我们穿过荆棘丛生之地，来到
头一天做过标记的地方
被惊动的鸟雀，不像是飞走了
而像是掘地逃生
我们动手砍掉杂草，连带几棵小树
在破土之前，这是
必须由我们来做的
所幸，会是一个好天气
上午，我们请来的人就要在这里
为我的父亲忙乎
他们不称自己的劳作是挖墓地
他们的说法是："打井"
这样一种委婉的陈述，让我努力
把死亡理解为长眠，把长眠
理解为另一种源头……那里
"永远"一词，也变得
风平浪静

2021 年 4 月 21 日

访璜泾旧宅人家

虽是偏僻小巷
却有独门独院
阿婆园中
有菜地一畦，牡丹一丛
蜡梅、桂花树各一棵
最大的一棵是桂花树
天生的夫妻相
左右各表一枝，对称又相依

角落里一棵矮树
其貌不扬，已有百岁高龄
"每岁长一寸，不溢分毫
至闰年反缩一寸。天不使高
……故守困厄为当然"
此乃黄杨，清人李渔
授其名为"知命树"
这不过是借自然的属性
安慰我们起伏不定的人生

阿婆的老伴两年前离世
只剩她一人，独守这院落
一花一木她都悉心照料

我们祝阿婆颐养天年

也在心中祈愿，这小小的院落

能够传之久远

当老人家跟我们挥手道别

蹲坐的小狗也起身，那神情

也像一位老前辈，目送我们离开

2021 年 4 月 26 日

在羊楼洞青砖茶博物馆外

从外地前来的小学生，参观完博物馆后
排队集合，他们将去往下一个景点
领队让他们安静，但他们不可能
安安静静

好多年了，我没有近距离看过这么多的孩子们
在他们面前，闲坐一旁的我是个十足的老头
我从廊下坐着的地方起身
以免摄像的人把我也拍摄进去
站在太阳的强光下，我想起
阿米亥的一首小诗：一位老妇人
谨遵医嘱，在大学对面的街道上
让年轻的人流每天都漫过她，就像
做水疗一样……

这时，一个小女孩从她的队列中走出来
将长椅上的塑料小茶杯拿起
放进垃圾桶，然后快速入列
像一条小鱼多游了一段距离
她不知道，那小茶杯是我暂时放在那里的，并非丢弃
她不知道，她同时拥有天真和认真，让我欣然接受
她的"纠正"

她就这样走进了我的一首诗

尽管，这只能算作微不足道的二手诗

2021 年 5 月 9 日

依我之见

修剪指甲的时候，居然龇牙咧嘴
写字不顺畅的时候，为何咬牙切齿
人一思考，就会眉头紧锁
而放弃思考，又会垂头丧气
看什么都不顺眼，甚至
冲月亮脱口而出：白痴

一旦吞下了苦药
或猝不及防咽下一大口苦酒
为何要闭上眼睛
而有时，在黑暗中
却死死瞪着双眼

鲜艳的布匹搭在紧绷的绳子上
两个古代的小孩在底下钻来钻去
你能听见他们的笑声，你能听见
有人在一旁假装清嗓子
而他们充耳不闻
那是欢乐伪装成躲躲藏藏的日子
那是蜜蜂嗡嗡蝴蝶翩翩的日子
仿佛，依然近在眼前

2021 年 5 月 19 日

旅馆便笺

巴掌大的纸片
从前，可以用来临时记下
几个电话号码
现在直接存手机了
但便笺还是有的
只是很久都不用换新

不知从哪一年开始
无论入住哪一家酒店
我都会撕下几张便笺
有时在上面写几个字
或是记下读到的某句话
兴之所至也能草成一首小诗
有时不着一字
只是夹在某本书里
当成了书签，作为旅途的纪念

搜集这些便笺，并非为了炫耀
足迹所到之处。只是料想
这些微不足道的纸片，有朝一日
将从所有旅馆彻底绝迹
(这不足为奇，连钱币

都从日常交易中退出。更谈不上悲剧)

不知在何时，夹在书页中的这些小纸片

会再次出现于眼前？

它无须作为任何证据

只是一种无声的邀约——

这空白之大，你将如何深入其中

2021 年 5 月 21 日

题一张照片

这是他人抓拍的一张照片
你们席地而坐，笑容可掬
我站在一边，似乎说了一件
令你们开心的事
但我完全不记得说过什么
只记得那里有草坪，虽不是真草
但和草地一样柔软
也许你们也不记得
当时为何乐不可支
只记得那里草坪柔软，虽不是真草
也会沾上露珠

2021 年 5 月 22 日

梦中流出的眼泪

当一根树枝够着了另一根树枝
春天就稳住了
当一颗葡萄挨着了另一颗葡萄
葡萄就成熟了

它们仍然是：你和我
但不同于青涩时的你和我
萧瑟时的你和我

在梦里
你听到有人如是说：
"来，我们挤挤睡吧。"
你的眼泪从梦中流了出来
像从乡下偷运到城里的活鸡
黎明前，闷在纸箱里的叫唤

2021 年 6 月 10 日

源 头

我见过放鸭子的外地人
在我们家乡的河滩上生火
我远远地看着，仿佛伸手即可取暖

而在另外一个地方，也会有我不知道的什么人
或别的什么东西，像我一样远远地看着那一团火
那低处生出的火，更像灵魂
比它耗尽的物质更真实

多年以后，我知道世界上有这样一些人
像教堂管风琴师，俯身于聚光灯从不会照临的一角
演奏圣乐

2021 年 6 月 14 日

尼卡诺尔·帕拉的遗愿①

到了某个年纪，无可回避
人心中总有一块墓地

说说那些殉葬品吧
有的是逝者生前喜好的
比如美酒
有的是供灵魂小憩的
比如一个小凳子

将地上的东西带到地下
无不显得异想天开
而不劳他人动手，谁又能
把什么东西带往另一个世界

诗人的遗愿别出心裁
棺材上覆盖一床小花格被子
好让年轻的母亲认出他
好让自己回到母亲的怀抱

2021 年 7 月 10 日

---

① 尼卡诺尔·帕拉（Nicanor Parra, 1914—2018），智利最著名的诗人之一，"反诗歌"诗派领军人物。

要害所在

一位父亲带他的小儿子在湖边游玩
小孩站在岸墙边，想蹲下去
看看水里有没有游鱼
父亲说，你可小心点，别掉进湖里
他的小儿子头往前够了一下
你没学过游泳哦
他的小儿子不为所动
父亲指着岸下说，你看到没有
那里有石头，还有那么粗的树枝
掉下去身上会戳出洞来
他的小儿子这才往后退了一步
小小的年纪，不识水之深浅
生死更是一句空话，是儿童绘本中
圈在一朵朵云里的那些对话
那些他不认识的文字
但他知道疼痛，那用泪滴来表示的
无须任何文字

2021 年 7 月 18 日

理所当然

男人老了，眉毛会变长

太多迫在眉睫的事
在变长的眉毛那里
拐了个弯

男人老了，视力会变差

太多咄咄逼人的阵仗
在老花眼里
只是风吹芦苇

男人老了，月明星稀

2021 年 9 月 20 日

蛇　影

一

傍晚，陪母亲在菜地里摘菜
母亲问我先前在哪里看见了蛇
我指了指豇豆架
散步至此，那里冷不丁
冒出一条大蛇
身长一米有余，哧溜一下
转眼就消失在稻田中
我没有丝毫慌张，反倒有点惊喜
因为好几年没看到蛇了
这蛇的俗名是"土地婆子"
我不知道这名字的由来
它的匆忙现身也不是要为我补上一课
遗憾的是，没有来得及掏出手机
把它拍下
像垂钓者看到浮漂动了一下
而鱼终究没有上钩

二

我对母亲说起假设过的另一番情形
（尽管所有的假设都像画蛇添足）
倘若，突然看到的是
盘踞在那里，一动不动的一条大蛇
我想我会惊出一身冷汗，哪怕
它是一条死蛇

三

"以后到菜地来，记得带上你的拐棍。"

母亲半开玩笑地回应：
"蛇是下过地狱的，什么都不怕。"

2021 年 10 月 3 日

羞 涩

当年轻的妈妈

给婴儿喂食

会笑着，努一努嘴

而旁边的老妇人

也笑着，忍不住努一努嘴

咂巴咂巴

仿佛回到

初为人母的时光

那情不自禁的喜悦

会让自己早已成人的孩子

感到一丝羞涩

仿佛回想起

有时不听话的小嘴巴

会把美味的食物

弄得一塌糊涂……

2021 年 10 月 10 日

无　题

徒步在杂草中觅路
一只脚不小心踩进水沟
每走一步，布鞋里边都嗞嗞作响
被挤压的水从脚底冒出来一部分
又迅速缩回脚底
每走一步，随着鞋面一鼓一吸
水和空气也在鞋子里嘀嘀咕咕
像淘气的孩子，一路喋喋不休
当你止步不前，它便悄无声息
但这沉默，像在暗暗赌气
直到你认输，直到你将"无路"
走得风生水起

2021 年 10 月 11 日

迷　失

在孩子的生日宴上
宾客们齐唱"生日快乐"
唯有年迈的母亲面无表情
她太老了，暮年
就像睁着眼睛打盹
她已饱经风霜
像玻璃窗上的一团雾气
她仍有执念
只是没有人能够会意
她容易迷路，每次都像
向人世发问：这是何时何地
人们面面相觑：这是谁的母亲
她太老了，像突然断在锁孔里的
半截钥匙，与另外的一半
再也难以相认

2021 年 12 月 29 日

第五辑

2022年诗选

掉　毛

羽绒服里总有些羽毛跑了出来
尽管衣服上的针脚
看起来严丝合缝
面料又没有漏洞
那么缝隙在哪里

再好的保暖服也不可能密不透风
这么说吧，我把挤在羽绒服里的称为羽绒
而把从那里脱逃的称为羽毛
它们听到过
我们的骨头窃窃私语
我们一次又一次地
心惊肉跳

2022 年 1 月 3 日

如果有悲哀

那些愤怒不可能变成诗
只是愤怒，只是突然的崩塌
甚至不是悲哀，也无力量可言
只是一阵疾风袭来
吹过独臂者
空空的袖管

如果有悲哀
愿你的悲哀不要变成愤怒
那只是颓然的回望中
盲目的火焰

如果有悲哀
就试着触摸它
像触摸盲文
那是明眼人制作的天书
没人希望它被更多的人认识
但不幸的是，总有人要去认识

2022 年 1 月 25 日

平　静

战时，腥风血雨，死伤无数
鏖战间隙，一位指挥官自己动手
做起针线活，同僚问他
为何不让女兵代劳
"这样好让自己平静下来。"
他的笑近乎羞涩

老年彼得·汉德克
离群索居。喜欢针线活
有时不为缝补什么
只想让一根线穿过针眼
他修剪了线头，用嘴抿了抿
反复试过几次，每次
都功败垂成
他的双手沉重，他的目光平静
穿针引线动作既不能太轻
也不能太重，他声称——
"这是一个禅学问题。"
但这活儿更考验的是眼力，而非
经验、智慧
投针于水才是禅意

纵使满满一盆水

一根针亦能穷尽其底

2022 年 2 月 6 日

溶洞与蝙蝠

记不清看过多少溶洞了
无非是别有洞天
无非是钟乳石、石笋
无非是苦水让石头开花
无非是前人命悬一线的探险
变成后人轻松的观光
或许有暗河，往往成为
一条大河的起源
所谓奇观，无非是
明眼人眼中的盲文
任凭导游手中的激光笔
指指点点……

一切都像睡着了
唯有昼伏夜出的蝙蝠喜爱这里
攀附着岩石，全都安安静静
像在暗中攒足力气
像从梦中窥视着什么秘密
一旦它的时刻到来，暮色中
翻飞的蝙蝠就像神秘的导游
带着那些
白天被禁止外出的病孩子

在他们眼中，熟悉的一切
变得陌生，唯有一处处野火
令他们欣喜万分

2022 年 3 月 27 日

蚕豆花

小区院子里有一畦蚕豆
同一块地，去年
也是蚕豆花和春天一同到来
我很好奇是什么人种的

可以想象收获者的快乐
虽然微薄，却是额外的奖赏
土地的肥力又一次得以证实
唯有自然不会说谎

我不想以可见的一般
论及不可见的种种
只是乐见一块空闲地被人认领
乐见熟悉的作物，开的花也好看
像额外的馈赠

2022 年 3 月 29 日

蝴　蝶

在一次朋友小聚的饭局上，我见过
一只孤单的蝴蝶
闷热的傍晚，我们在街头落座
菜肴还没有上来，啤酒已开启了几瓶
一只白蝴蝶翩翩飞来
我们默默等待着，领会到彼此的默契
猜想它会降临到谁的身上，并随时准备
为此举杯相庆

它忽高忽低忽东忽西，像深夜的醉鬼
认不出眼前的家门，最终
弃我们而去。没有偏爱任何人
这多少令人失望，座中居然没有一个人
能召唤蝴蝶
好在我们没有为此打赌，只是看见了
彼此满怀期待的神情——这期待如此单纯
单纯得好像我们是同一个人：短暂的忘我
片刻的出神，像置身于心仪之地
渴望一醉

2022 年 4 月 9 日

谷雨日闻啼鸟

鸲鸽悠扬婉转，总是很近
像领唱者那般神气
斑鸠四处嘀咕，总是很远
像迟到者羞于入场
麻雀、喜鹊总在叽叽喳喳
多像我们小时候，仿佛总是晴天
布谷总在远远的路上
多像我们的暮年，仿佛总是阴晴不定
而夜中闻鸟，只听得
短促一声，不免让人担心
那是什么鸟我难以辨认
仿佛那不只是一只鸟
雨夜会有更多的秘密
有的东西被雨淋成了石头
有的石头下，光明的梦
也要显灵

2022 年 4 月 20 日，改自旧作

父亲的眼镜

父亲一生只用过一副眼镜
晚年，他专门请人拍下的一张照片上
他戴着的那副老花镜，黑边
那也是他唯一的一张
戴眼镜的照片。后来成为他的遗像
他从固定在墙上的位置
看着我们
兴许更清晰。兴许
一无所见，他只是回到
暗自做准备的那个时刻
他想起他的后事，那必然到来
而又无法预知的那一天
但又不能因为无法预知
而对越来越近的事实视而不见
他买了眼镜，为了看清眼下的事物
而当他起意为自己拍一张照片
一张戴上眼镜的照片
没准他想的是，除了后事所需，顺便
好好看一眼来世

2022 年 4 月 30 日

石牌山道见牛马藤

从那些老藤的藤条上
取下的皮，搓为绳索
最终所能承受的力量
远远超过
老藤本身

那是拉得起一条船的绳索
老藤因其韧性而得的名字
适用于所有纤夫
适用于所有
弓身于宿命之人

人前我会说出这样的大话：
如果爱一个人，甘愿为其当牛做马
如果恨一个人，咒其来世当牛做马

转身，听到老父的低语：
砍柴不砍藤
父亲所指应该不是
山林中随处可见的藤蔓
而是当得起大用的这种老藤
有牛马之力

能够助人爬上山崖
能够让人绝处逢生

父亲，我见到这种老藤了
只是死亡有如火焰
将你特指过的东西
变成了泛指

2018 年 6 月 16 日初稿，2022 年 5 月 1 日改定

白　鹭

我之所见只是一个轮廓
在浅滩，一个白色身影
一边涉水，一边觅食
只能远观，或蹑手蹑脚尾随其后
它可以兀自叫唤，不知是嘀咕
还是提问
我只能屏息静气

从未见过那美禽的双眼
机敏的它，远远就能感知
身后有一笨人，像它撇下的一截枯木
在我们之间，流淌的河水
像外婆眼中的童子尿
在我们之间，拉大的鸿沟
令魔术师跃跃欲试

但如果驾着农机在草泽开垦
那就会反过来，白鹭摇身一变
像脱去了伪装，追随着那器械
不顾机声隆隆，不顾泥浆四溅
全然如痴如醉

而今是冬天

我们相会于各自的边缘

它之所在非我能及

我之所在非我所属，在故乡

我也只是匆匆过客

但我乐于将这一片刻

视为我们共处的时刻

相安无事，一同目送流水

是的，总有一天

你爱过的一切将变成白鹭

先是一只，然后是

飞舞的一群，穿梭于上游和下游

此岸和彼岸

所谓宽慰不过如此：

你将坦然接受自己的衰败，只要它们

依然悠游于这风水宝地——

田畴、荒野、长滩……

2022 年 6 月 20 日补记

无　题

一只狗跟着一个骑车人在跑
那骑车人间或放慢车速，扭头看看
待到小狗快赶上来
又转头把车子蹬得飞快
那小狗跑得更欢

它不会从他那里得到任何奖赏
它并非总能撒欢地奔跑
它这么使劲地奔跑时会让我想起
一些人的小名
它一停下来，会让我想起
我忘记了一些人的大名
而它蹲坐在固定的角落看着我
我仿佛觉得，在我身后
有我永远不能得见的人
正怯生生向我走近

2022 年 7 月 5 日

黑　灯

头顶的吊灯太刺眼
想换上瓦数小点的
取下灯泡，有什么东西
随之掉落
找回了一颗小螺丝
但显然还缺了别的
螺口的装置无法还原
摸一下，又有碎渣落地
这物件老化了，外表完全看不出
它们苦撑了多么久啊
突然的改变让它的缺陷暴露无遗
不知道别的灯是否同样如此
也不想再动手去验证
坏掉的吊灯，也让它暂且黑着
重放光明，并非举手之劳那般容易
那灯罩形同虚设，但并未解脱
反而更像默默接受
不为人知的苦刑

2022 年 8 月 15 日

中秋节午梦

回到老家的时候已经很晚了
村子里黑灯瞎火
我推开父亲的房门，开了灯
只见父亲正埋头搓绳子
这么晚了还在忙？我问他
秋收了啊。他紧了紧手中的草绳
应答时，连回头都顾不上

父亲离世九年了。这个梦
仿佛是他来安慰我
别为他担心，他还像在世时那样
惜时、勤恳，即便老了
也能照顾好他的收成
该松的松，该紧的紧
而我，更像流离失所之人

我还没有来得及碰一下他的肩头
父亲就从梦里消失了
村子里又是黑灯瞎火
醒来的我，还像茫然攥着
草绳的一端

2022 年 9 月 10 日

天然的分别

有的鸟会在地上落脚
八哥、喜鹊、斑鸠、麻雀
鸽子甚至乐于和人打成一片

有的鸟从来脚不沾地
它们歇息时，也只逗留于
树枝、电线、楼顶或峭壁
比如蝙蝠、雨燕

胃口决定了它们的习性
还是习性决定了它们的胃口？

善待那些落地的鸟儿吧
为它们偶尔放下身段
涉足田畴、泽畔、草坪
多认识那些从不近人的鸟儿吧
那全然不同于我们的生命形态
一个个神秘寓言的真身

2022 年 9 月 20 日

门前的池塘

水笋还是水笋，但池塘
已不是池塘了
那里能闻到一股异味

村里没有多少人常住了
如果我父亲在世
池塘一定不会是这个样子
淤泥会得到清理，池岸会得到加固
池水中可以有水笋的倒影，但不可
任由水笋疯长
必须有足够的水面，让鸭群嬉戏
让耕牛畅饮，水是干净的

不可否认，这猜测
只是美好的愿望
不会得到印证。何况
即便父亲在世也是垂暮之年
只是，每当一阵细雨飘落
我就会想起那荒废的池塘
作为田园的一部分，从前
那可是洗菜洗衣、有说有笑的地方
凑过来的游鱼，快活地吐着泡泡

就像接过人们的话头："那是
更早的时候……"

2022 年 10 月 24 日

经验之谈

每逢秋天，年迈的母亲
把从房前屋后收回的冬瓜、南瓜
陈列在地上
南瓜可以存放到来年
冬瓜自带一层薄霜
可以久放，但比不上南瓜的耐力

姨母给母亲支招
冬瓜在藤上是什么样子，现在
就按照那原本的样子摆放
给它们换一种姿势轻而易举
她和母亲将几条冬瓜竖了起来
引火用的柴草，俨然成了靠山

我们知道，摘橘子时有人习惯于
连枝带叶
但不知道为冬瓜续命，这土法保鲜
是否灵光
我们七嘴八舌，像给冬瓜上课：
就这样立着，别再躺在地上示弱
沾染的潮气、霉气，就会减少
——尽管这听起来更像是

自我安慰

2022 年 10 月 25 日

纠　正

父亲指着手机上的一张照片
（他儿子和幼儿园的另一个小朋友）
问儿子：这个小孩是谁
儿子回答说：这是木木和糖糖
他原本只要说出那女孩的名字"糖糖"
他绕过了父亲前置的潜台词
只以自己的逻辑来回答
照片上有两个孩子
答案里缺一不可
他不觉得说出自己是多此一举
他不接受自动跳过一步
他纠正了他的父亲，尽管纯属无意
真实必须是全部，必须拒绝省略
所谓不言自明
是这样一个事实：蒙蒙细雨中
水泥路还是干的。石板小径
是湿的，像从不作弊的孩子

2022 年 10 月 28 日

玻璃珠

在空空的车厢里有一个玻璃珠
随着疾驰的车子滚来滚去
从这头滚到那头，迎头一撞
又回到这头，如此往复，时快时慢
就像那车厢处处都是它的地盘
处处又都不是
它越来越脏，没有人顾得上捡它
当车子停下才像熬到头了，终于稳当
就像那一路颠簸的车子
终于到达目的地

我不记得是从哪部电影里看到这一幕
不记得是从哪个少年的口袋里
掉出来的那一颗玻璃珠
它不是明珠暗投，也不是玻璃心的写照
我只是蓦然想起很多人，很多人
他们撞到某个对角时，再也没有
如此幸运

2022 年 11 月 8 日

探泸州老窖纯阳洞

洞中酒坛如俑。太安静了
默不作声的都显得神秘
集体的沉默……更神秘
大大小小的坛子，长满了酒苔
旧苔如尘泥，新苔如霜
除此之外，没有任何东西
可以生长
空气中静电过剩，处处都是
看不见的针尖，以维护
出世的缄默、宗教般的净化
这里不允许余怒未消，不允许
跌跌撞撞
但允许轻微的失衡
酒香如此诱人，你甘愿
像一个考古学家，俯身、跪地
但这又辜负了美酒
和一方山水的本意

2022 年 11 月 20 日

不可刻意复制

往小茶壶里续水，或者
往小茶杯里倒茶
它们居然动了起来，像被无形之手
轻轻挪移

你乐见的情形
不过是因为杯具的形体，你自上而下
倾注的液体
受力与外力之间，刚好处于某个临界点
因而激动如战栗

这一动，像矜持的赞许。
这一动，像无声的邀宠：
再来一口，再来一口
这一动，是身不由己但不忘提示：
到此为止！再多一点
就成了覆水难收

2022 年 11 月 22 日

孤鸣颂

十月的一个清晨，在故乡
被一阵鸟鸣声吸引
一会儿像雏鸟乞食，一会儿
像恫吓、呵斥，一会儿又像
一问一答……听得出
那是同一只鸟儿
善变的假声，由于无法意会
而像神秘的预言，让我更加怀疑
自己的愚钝

从纪录片里听到过，一头美洲母狮
为寻找走失的幼崽而呼唤
发出的声音，竟然像一只
哀告的小鸟
而当它与一头雄狮舍命搏斗
一声声嘶吼
才显现出猛兽的身形
嘴角的血迹，更像是
平添了拼死一搏的决绝

远处，斑鸠依然像平和的开导者
在穿越田垄的电线上，眼前的这只鸣禽

仿佛走台般不时移步。那边厢
巧舌如簧的八哥默不作声
直到后来我才确认，那是一只伯劳
我们的文字中，少有的音译的鸟名
忘我的啼叫有如孤鸣

而我是无声无息的
感谢上帝，物种间有永恒的隔绝
我无须向鸟儿证明什么
只是有时，我必须自证
何以生而为人

2022 年 10 月 7 日—12 月 7 日

第六辑　2023年诗选

喜见猎户座

一日暖阳、阵风，大雾四散
拜年电话中，听闻的一件件伤心事
数不完，不数也罢
我有小外孙女，盛情不可辜负
她把亲手搓的泥丸装在盘子里
还配了几片野芹，端来邀我一尝
天真之心，配得上薄暮那一弯新月

入夜，天幕东南，星罗棋布
让人记起夜空本是星空
繁星点点，你只认识猎户座
——北半球冬日之星
猎户座中，你只能确认那并列的三颗
参宿一、参宿二、参宿三
所谓"福禄寿"三星
星光如此久远。无限的时空中
人间多少个世纪、多少悲欢都不值一提

而年年岁岁，谁都祈愿吉星高照
可以不识星相
不识猎户与天蝎，不识参与商
只是纯粹看星星

亮的、微明的，时暗时明的……
你数过的会变得更亮，你选定
并对其许愿的，无疑最亮
你不必担心：许下的愿望
架在熊熊烈焰之上
从来如此，浩瀚星空之下
有人火中取栗，沾沾自喜
有人拨灰见火，自苦厄中脱身

癸卯年正月初三（2023 年 1 月 24 日）夜记于蕲春

找手机

有时不知道手机放在什么地方了
遍寻不着，无奈之下
只好拨打自己的手机号码
用座机，或借他人的手机
熟悉的铃声，立刻就从某个角落传来
这并不是失而复得，那铃声
也并非表明忠心，只是被动的应答
这等小事，如果说值得一提
那是因为，有时你焦虑万分
不知置身何处，只好以这样的方式
呼叫自己

2023 年 3 月 5 日

在杜甫草堂见苍鹭飞过

诗歌朗诵会的舞台上，背景是
一丛翠竹、杜甫塑像，以及
喷绘的书画：云朵和《绝句》
空中，飞机远远驶过的声音
承担着机身、旅客的全部重量
天色阴沉，繁花压枝，如果
来一点细雨更好
但没有雨——"雨是天意"

抬头看天，但见一只苍鹭
正从杜甫草堂的上空翩翩飞过
目测它的高度，我没有举起手机拍摄
它不可能与草堂同框
一如它展翅疾飞，从不承担
人类的重负
只是，当它奋力飞过我们的头顶
我看了看杜甫的塑像，似乎
他也有起身之意

2023 年 3 月 19 日

平静的航行

傍晚，看到穿过舷窗的阳光
照在前座的靠背上
一个光亮的方形
但没有看见窗外的太阳
机身正穿行于云海之上

我记得有人写过，庞德在被押解途中
从飞机上看到旭日，跳起了狂喜的舞蹈
这事实的诗意，已无可超越

我所面对的只是一个
光亮的方形，近似于
一面镜子的反光
在童年，我们会用它来照一照
屋子里我们爬不上去的某个地方
今天，我们所在的高度
远非那面镜子的反光所能企及

一个光亮的方形，不是从缝隙进来的
也恰恰是从缝隙进来的：只要拉下帘子
它就会消失
一个光亮的方形，我伸手

按在那无字之书上面，像起誓

像祈祷

2023 年 3 月 19 日

一个梦

和一位朋友在树下谈诗
兴致盎然之时，一个陌生人
向我们走来
他示意我们离开那棵树
从他比画的动作看，好像是
我们的存在
遮挡了什么东西
于是，我的身体动了一下
随着我这一动，梦中的那位朋友
立刻不见踪影

不知道这梦有何预示
物理学家玻尔说过，谈论原子时
语言只能当诗用，它所能做的
不是描述世界的事实，而是创造隐喻
那么，谈论梦境时
就是面对隐喻，只是梦本身
对此也一无所知
勿意。勿必。勿固。勿我。或许
正是我们殚精竭虑的"意义"
遮挡了什么东西

2023 年 4 月 11 日

有时只能如此祈求

零星小雨，不痛不痒
落在小车上成了一个个污点
车身显得更脏了

索性来一场大雨吧
痛快淋漓，干干净净

另一种痛快与干净
是杜甫坐观楸树花叶时
那一声叹息：
"不如醉里风吹尽
可忍醒时雨打稀"

2023 年 5 月 2 日

老人的迷信

她太老了，与女婿、外孙一起生活
每天打点小麻将
爱抽烟，烟龄七十余年
她太老了，九十有三
只能吃女儿单独为她准备的饭菜
餐具也是单独的
越老越固守怪癖
每次洗完自己的碗
一定要用洗得干干净净的空碗
盛满一碗水
直到下次用餐才倒掉
这是什么讲究？她从未明说
只是日复一日，执行这仪式：
干净的空碗，盛满一碗水

满满的一碗水，也不过是一只空碗
盛满了水，一只碗就更清清白白？
旁人的猜测，不过是缘木求鱼
她所坚持的也许只是这仪式
内心已无波澜：干净的空碗，盛满一碗水
心性仍需滋养：干净的空碗，盛满一碗水

2023 年 5 月 28 日

即使明天……

即使明天要一大早起来
我还是老毛病难改
磨磨蹭蹭，睡得晚
醒来比入睡容易，早起
无非是将闹铃定时提前

警铃般催促你醒来的
并不能催促你入眠
就像梦，不会听命于我们自己
而它的自行其是
倒为我们保留了另一番天地

如果催促你醒来的，同样
足以催促你入眠
那才真的是万劫不复
那将证明
你不再有梦，不再有枯坐与神游
欢饮和放言

2023 年 7 月 12 日

我的伞掉在了出租车上

从未撑开过的一把伞
但不能说我从未用过
有几次我都带着它
只是雨没有下下来，或者
雨小得无须用伞

有一天，出门打车我带着那把伞
下车前，用手机支付车费时
那一连串专注的动作，让我忘了
片刻之前的自我提醒：别忘了拿伞
但我还是忘了，因为雨没有下下来

我的伞掉在了出租车上
它的下落有了多种可能
像风雨齐来，雨线交织
每一滴雨都不由自主
但是我抢在了雨的前面

有时，看到窗外突然下起了雨
人和车都堵在路上
我会记起曾有一把从未撑开过的伞
被我掉在了出租车上

这样想时，就仿佛光着头走在外面

浑身被淋湿了

2023 年 7 月 30 日

白头翁

喜欢在高树上啼叫
四声，三声，五声
我更偏爱悠扬的五声

喜欢成双成对
但听到的似乎总是一只在叫
我无法分辨
它们彼此间细微的差别

直到今年春天
我才从众鸟中辨别出它们
终于对上号了——
白头翁，原来是你呀
身体那么瘦小，声音那么饱满
但从不声嘶力竭

而一旦认出了它
就总会听到它
在我们城市的公园，在外省的乡间
在烈日灼身的午后，在雷雨过后的清晨
其实，它早就在这里、那里
在我经过的一个又一个地方

从前，我只是听而不闻

如今，我也不会循声而望
在婆娑的枝叶间，它们的身影难以寻觅
那名字，于它并不吻合
于我才恰如其分
只是，"白发多么不适合小丑和傻瓜"①
谢谢你，姑且还是叫你白头翁吧
你每叫一回，我就像被你点名一般
以微笑作为应答

2023 年 5 月 5 日—8 月 10 日

---

① 引自莎士比亚《亨利五世》。

乡 音

梦见自己流落异乡

口渴。太多的狗舔着舌头向我张望

一个正在杂货店忙活的女人对我说：

先生，你是蕲春人？听你口音……

我不记得我曾开口讲话

她招呼我坐下，给我沏上一杯茶

"家母也是蕲春人

到这个偏僻的地方已有五十年了。"

亲切之情溢于言表，更让我信以为真

我不知道为何流落异乡，梦中那会儿

只有庆幸：在举目无亲的地方

竟然神奇地被人认出，受到款待

这是多大的福分啊

那些狗仍在向我张望，一改先前警觉的神情

变得友善了，似乎听得懂我们的乡音！

正得意时，人已半醒

眼看再也回不到梦里——

我本该为喝到可口的茶，以乡音向她致谢的啊

2023 年 8 月 13 日

身后事

陵园太大，太拥挤。一定得有
穿制服的守墓人
为祭拜者，也为逝者

乡野墓地就不必了。亡灵们
可以出来走走

如果那里人迹罕至，就由他们
看守大地的一隅

2023 年 8 月 15 日

三种形象

布莱希特写过恶魔的面具
涂着金漆的一件日本雕刻
那面具上青筋暴露——
"表明作恶的压力是多么大"

但愿如此吧

我从《晋书》上读到
一位士人朗朗如日月入怀，他人视之
就像走进宗庙，只看到礼器与乐器
另有一人，予人观感截然不同
如同走进兵器库，但见矛戟在前

对前者，我会心怀敬意
对后者，我会敬而远之
他神色凛然，不怒自威
只是，老迈如我者
连见到芦苇中有鸟飞起
也忍不住胆怯

2023 年 8 月 17 日

知　音

年迈的指挥家
回忆儿时和弟弟在音乐厅听交响乐
每至陶醉之处（又不宜以掌声表达）
兄弟间便碰一下膝盖
一个不为人知的小动作，兄弟间
心领神会的秘密
多年后，他笑起来还像孩子一样得意

在回家的路上，他们靠回忆
记下某个片断的旋律、和声
至于宏大的结构与奥义，暂且不必深思
那最先触动心灵的，将引领他们
去深爱，去探求

不知道他的兄弟而今安在
但从他的笑容里可以确信
在他回忆儿时的那个片刻，他和他兄弟
又相互碰触了一下膝盖，为日暮后
自有音乐响起，为由衷之爱
每每附带的秘密

2023 年 8 月 19 日

默　示

腿脚不便之时，其实
眼睛也不好，手也不利索
这些加在一起，就是时至今日
我才发现的一个事实：母亲
不能弯腰为自己修剪脚指甲
当我帮她试穿新棉袜
当她无法掩饰粗糙的赤脚
我才明白，她对这困窘无可奈何
只好听之任之，只好步履蹒跚

我见过母亲缓慢地弯腰，为拾起
倒在地上的扫帚，让它靠墙而立
那郑重有如默示，物归原位
才能令人安心

我的随时间老去的母亲
童年的她也玩过这样的游戏：
蒙上眼睛，然后去寻找某人或某物
她有过成功的喜悦，也有过失败的沮丧
纵然那些得失都不值一提……
但那时，她闭着眼睛行走也不会跌倒
她的手够不着的地方，她可以跳起来一试

而她总也够不着的地方，她就像
花朵一样仰望

2023 年 2 月 13 日，8 月 20 日

我曾何其有幸

在纸上，我写下：
我曾何其有幸
我想它可以是一首诗的标题

但我迟迟不能写出
如果只是示爱的甜言蜜语
那就太轻了
如果因为某次脱险
那只是侥幸
如果因为获得了尊贵的荣誉
那也是侥幸，何况如常言所说
你并未得到命运的垂青

但早已一次次脱口而出：
我曾何其有幸
在那些悲哀的日子里，我认出了
生命中永远不会被劫掠的部分

这首诗我终将迟迟不能写出
但我知道它将如此结尾：
我已历尽沧桑，我曾何其有幸

2023 年 8 月 22 日

永恒的隔绝

一位老人离群索居
在寒带的海边渔猎为生
终日陪伴他的唯有一只狗
直到有一天，老人先是吹口哨
跟它打招呼，然后一遍遍
呼喊那狗的名字："图西、图西、图西"
没有应答，他四处搜寻
最后看到的是图西的遗体
不难猜测，那狗知道大限已至
羞于死在他跟前
所以远远避开他，独自死去
老人将它安葬在林中
那只狗十四岁了
我记住了那狗的名字：图西
我好奇老人的名字是什么
在那部纪录片里，他始终孤身一人
没有谁喊过他，他的名字
直到片尾字幕中才出现

记住图西更容易，老人呼唤它的时候
我也不禁模仿起他呼唤的声音
好像它也是我可以召之即来的

但它永远叫不出人的名字
发不出人的声音
（如果它们中有谁能够开口说话
那么人就会跪倒在它面前
那震惊，会让人彻底失语）
这永恒的隔绝，一如人类
永无可能发明一种语言
让生者与死者相通

2023 年 8 月 24 日

某种逻辑

夜幕低垂。迎面跑来一只白狗
脖子上的荧光灯闪闪发亮
好像它为所到之处的一切喝彩

但出于某种逻辑
这狗东西，会不会被视为
羞辱了没戴荧光灯的狗？

不，夜幕中溜达时
它需要那玩意儿
它是一只小狗，一个小不点

——你在替谁辩解？

2023 年 9 月 7 日

有朋自远方来

暮色中走上阳台，四只大雁
正从窗外飞过，啊太近了
而且几乎可以平视它们

四只黑乎乎的大家伙，其中一只
大叫一声————一声棒喝还是一声大笑？
转眼间就消失在楼宇的另一边

偶然而短暂
但我的喜悦还在，这喜悦在于
无须问喜从何来，你只是一个接应者

甚至连接应者都不是。顷刻间
你忘记了阳台、暮色、秋夜，忘记了
从窗外缩回双手的你自己

2023 年 9 月 17 日

原谅我吧，祖父

祖父年迈体衰之时
有一回，在场院端坐
边晒太阳，边看守晾晒的稻谷
稻谷盛在晒筐里
篾制的大晒筐架在高凳上
忽而狂风大作，晒筐全都翻倒在地
眼看着珍贵的粮食被糟蹋
哪怕蒙受损失的只是一部分
我的祖父禁不住失声痛哭
那痛哭里，有暮年身不由己的屈辱

某日夜读张岱所述：
"昔有西陵脚夫
为人担酒，失足破其瓮
念无以偿，痴坐伫想曰：
'得是梦便好！'"①
想起曾有一日痛哭流涕的老祖父
早已被无尽长梦收留
我便笑了起来

2023 年 10 月 4 日

———————————

① 引自张岱《陶庵梦忆序》。

夜　贼

夜晚十点过后，可可托海
一家宾馆的草坪上，有一个家伙
正在埋头吃草
我以为是一头马驹，正是
马无夜草不肥啊
趋近细看，原来却是头上长了角的
一头牛啊
不知道它是如何溜进宾馆的
想必是长途转场中，饥饿难耐
当起了夜贼
头一回听见牛啃啮青草的声音
那么大，那么畅快
它瞅了我一眼，又兀自埋头大嚼
青草的味道一定妙不可言
这机灵的家伙有福了
不知为何，我也快活起来
星光满天，我的衣衫似经不起夜风鼓荡
我竟然要为它的大快朵颐之乐，为自己
莫名的快活，而搜索枯肠

2023 年 10 月 6 日

母亲最小的孩子

我们家兄妹四人。只有我能够说
我是双亲的长子，但没有人能自称
"我是母亲的幼子"
我们有过一个最小的弟弟
出生时即已夭折
母亲一生最大的隐痛
直到晚年，遇到不顺心的事
她还会提起我们最小的弟弟
"如果他在世就好了"
在这假想中，我们最小的弟弟
一个好儿郎，就会时时侍奉在侧
足以弥补我们兄弟姊妹四个
力不能及的缺憾
每逢这时，我们都接不上话
我们最小的弟弟，没有名字
没有人记得他的埋骨之地
除了母亲，谁也不能开口提及

他是母亲最小的孩子
在梦里，母亲把最好的礼物
留给了他，他便不再向母亲
讨要身世

我们最小的弟弟，有时
他在我们兄妹中某个人的脑海里
一闪而过，那是他正竭尽全力，想要谁
传话给我们

2023 年 10 月 21 日

制陶。传说与寓言

制陶师傅地布塔德，他的女儿
爱上了一位年轻人，用尖刀
在墙上描出心上人的侧影
这画被他见到了，他以女儿为师
发明了希腊陶瓶上的装饰风格
加缪在日记中复述了此事
并感叹："爱情是一切事物的开端"

一位陶匠用黏土做了一个女人
一件得意之作。此后
他先是回家晚了，后来干脆不回家
整夜和黏土女人睡觉，乃至最后
那能工巧匠
咬下了黏土女人的乳房
这是希腊诗人扬尼斯·里索斯
虚构的一则寓言
诗作至此戛然而止，诗人未做任何评判
如此畸恋固然不能称为爱情
而其荒诞，揭示了另一层真实
痴迷的陶匠，迷惑于自己的创造物
在狂喜中沦为彻底的奴隶

同里索斯笔下的那位陶匠相比

还是古希腊人可爱——

栩栩如生的塑像令他们赞叹不已

赞叹之余，还将塑像捆绑起来，唯恐它们

溜之大吉

2023 年 5 月 7 日，10 月 24 日

立冬前一场大雨

连日燥热，有如夏天
终于，下了一场大雨
像是等来的

也像是深怀歉意，为所有
不能等来的

"这世界哭声太多，你不懂"
路过一家书店，看到广告牌上
叶芝为孩子们写的一首诗

这雨和诗一起到来
让人一时分辨不清
这是何年何月

雷电突如其来
不借用任何名义
但赶路人心头一紧

2023 年 11 月 5—7 日

垂　钓

一个狭长的小池塘
两边各有一位垂钓者
如果相对而坐，他们的鱼钩甩出去
几乎可以碰到一起
但他们恪守距离
一位是常客，另一位是今天才来的
两位垂钓者都埋头上饵料、抛钩、起钩
相互间没有招呼，没有闲聊
也许偶尔会瞟一眼对方的浮漂
他们的收获并不均等
新来的这一位钓得更多
那位常客，烟抽得更多

有位小女孩，不知道从哪里找来了
一根长木棍，也在池塘边安静地坐着
她多么希望也像他们那样
一竿在握，把看不见的活鱼
从水下钓起来……
只是不知道，光凭鱼竿、鱼饵是不够的
她特意找来的长木棍，只是表明
她的心愿是多么迫切
她被要求离开时，对那根木棍的依依不舍

又会让她忘记

池塘和鱼

2023 年 11 月 7—8 日

坟冢上的油菜花

在大片的花田之外
山脚的一座坟冢上
也有几棵油菜开花了

不知葬身地下的是什么人
也许，这花，正合其心意
比起前来祭祀的亲人，它们
已先到一步

那墓地不是花田的一部分
几棵野生的油菜
只是偶然、例外
前来扫墓的人，也许会有
不忍之心

风来过，雨来过
坟冢上瘦小的油菜花
宽厚如盲人笑容的油菜花
高过墓碑的油菜花
如果有天意，这就是天意

一年一度，这里有一阵低语

说给前来祭祀的人：

屈膝，并非必须

2023 年 11 月 12 日

像一个人在异乡听到有人喊他的小名

在沙洋汉水边，有一块碑石
上书"秦江渡"
让人记起汉水带有秦腔
激越、铿锵且苍凉
伴以一通锣鼓

汉水奔流，朝秦暮楚
至宽阔处，波澜不惊的江面下
总有暗流汹涌
那难以直击的
比一通锣鼓更扣人心弦
多少水中好手，都曾出生入死
多少亡灵，只有衣冠冢

不远处，一座大桥横跨汉江
此岸与彼岸，不再遥遥相望
从前忙于劈波斩浪者
现在，可以有更多时间
饮酒闲谈
或观棋不语，看旁人
越楚河汉界，厮杀几番

2023 年 11 月 15 日

河流的名字

我的村子被两条河环抱
一条河我们叫它大河
另一条我们叫它小河
有的亲戚是从大河对岸过来的
送客时我们就送到大河边
有的是从小河那边来的
迎候时我们就守在村口的小河边

我先知道小河的名字
它源于几里外的一座山
所以它叫石鼓河
知道大河的名字是在上学之后
它叫蕲河，不是以发源地的某座山命名
这是从外乡来的修水利的民工那里听说的
我的村子在小河的下游、大河的中游
大河的下游汇入长江，我最早
获得的地理知识，只有这可怜的一点

离开老家之后，才意识到
为什么我们不叫那两条河的名字
而只以大和小来替代。我们的一方天地
那么小，小到一切都众所周知

那么小，小到再也不得其门——
就像到了某个年龄，再也听不到
父母的使唤了：
"去大河沿给爷爷送斗笠"
"涨水了，去小河那里接妹妹过河"

2023 年 11 月 18 日

不对称

一

一位民间剪纸艺人
剪出的猪有三颗头
她不知道何谓立体主义
在她眼中，猪贪吃的劲头就像
恨不得有三张嘴

我有一位发小
有一天，他对他的父亲说
我们把猪屁股剁了卖钱吧
留下猪头，让它继续吃
（猪就会继续长）

剪纸艺人以朴拙的巧思，超越了真实
我的发小贡献的妙计，多年后
换了个更贴切的说法：割韭菜

二

童年的一天傍晚，我割了一捆青草回来

那是犒赏耕牛的，在田间被使唤了一整天
打草的我，和辛劳的牛，都是这样默认的
猪也凑了上去，农忙时没谁顾得上它
它的嘴巴在散开的青草里拱个不停
比起耕牛的慢条斯理，它抢食的劲头
真像是从饿牢里出来的
眼见它得寸进尺，水牯牛被激怒了
没有警示，只是一顿足，低头一摆
牛角把猪挑起来，对着的既不是猪头
也不是猪屁股，而是猪肚子
那猪跌落到地上，惨叫、抽搐
我吓得瑟瑟发抖，不是因为那声声哀号
而是猪肠子露了出来，一头活猪的肠子

我感到好像是我埋下了这祸根
又或者，如果它们分别是野牛和野猪就好了
就不至于为一点可怜的草料而遭遇
饥饿、匮乏、地盘、夺食、愤怒、暴力
不宣而战、不对称……所有这些词语加起来
都不如那一刻的场景那般触目惊心

我挥手赶开了凑热闹的狗
我害怕那头猪突然停止了叫唤
可怜的它们都投错胎了
我这样想时，没有算进我自己
在那个烂摊子面前，我没有什么三头六臂

三

我要说一说猪的凶相。只是并非我亲眼所见
某日饭后闲谈中，婶娘说起早年一件奇事

一头母猪，哺乳期已过，它的幼崽都卖掉了
有一回，它叼起了襁褓中的一个婴孩
像小偷得手，正要溜之大吉
有人见状，一边大吼一边起而追赶
那畜生放过婴孩，被棍棒着实修理了一顿
真是万幸，裹着小褥子的婴孩毫发无损
但母猪居然有胆叼起一个婴孩，想起来
就让人后背发凉……这事太不可理喻
在它眼中，一个毫无反抗之力的婴儿
和它的幼崽，和别的随便一个什么东西
没有任何区别？这样的猜想还是太人性了
也许它被怒气折磨，盲目发泄？
总之，一头母猪轻而易举叼起的一个婴孩
实在是太轻、太柔弱了

一个婴孩捡回了一条性命
但五十多年来，我从未听人提起
可见它被视为多么不吉利的事，人们对此
讳莫如深

2022 年 10 月 25 日，2023 年 11 月 24 日

野　鸭

我对野鸭知之甚少
第一次听人说起野鸭，是祖父告诉我的
"那时你还在放野鸭"
这个俗语居然用的是暗喻
野鸭不是人养得了的，放野鸭的意思是
还没有投胎为人来到世上
我总算明白了这话的含义，继而
把野鸭想象为遥远的存在

可悲的是，人不能驯养的
也照样会沦为人类的食物
天上飞的、地上跑的，野味无所不包
大雁、野兔、野鸡、野猪、野鸭……

多年后，第一次见到野鸭
并不是在偏远之地，而是近在咫尺
我常散步的公园里，一个无名湖中
不知何时来了几只
个头小，像总也长不大的雏鸭
凫游观望，潜水啄食，忽而贴水低飞
伴随"哒哒哒哒"一阵欢鸣
那湖中不少于五只，分属于两窝

它们有争夺领地之举，但像游戏
除此之外，我对它们知之甚少
只能说，如果它们突然变少了或不见了
我会若有所失
如果突然多出几只，我会心生欢喜

"那时你还在放野鸭"
想起祖父说过的这句话，我猜
也许还有更深的含义
说明那时的你是一个神仙般的存在
无拘无束，像野鸭那般自在悠游
又无所不能，连野鸭都服服帖帖
那是无名的你（千千万万个尚未投胎人世的你我）
近乎一种灵魂

2023 年 11 月 28 日

投石冲动

一个男孩，一个女孩
正在做同一件事
往水池里
投石子
那池子里没有鱼
他们无须命中什么
每丢一次，池子里
就会溅起一阵浪花
地上的石子，俯拾即是
他们像比赛一般
看谁的石子激起的浪花大
击水的声音响
或者反过来，看谁的动作
把声音和浪花
都压到最小

他们玩得越来越顺手
看不出来何时会停止
也看不出来谁更胜一筹
丢下去的石头，一个个
在他们手下乖乖认输
也像是未经审判，就乖乖认死

"投出去的石头，注定会砸向自己"
好在这样的警告，在此处无效
禁令，注定和咒语相伴
同样不言自明的是
打破咒语，有时也需要石头
但不是出自
这样的小手

而说到底，谁都乐于看到
挂满风筝和气球的小车
被孩子们团团围住

2023 年 12 月 4 日

秘　密

电影里，一个八岁的法国女孩
对另一个同样大的女孩说：
"秘密不是你拼命隐瞒的东西，
而是你根本找不到可以诉说的人"

这应该是她背诵的一句台词
在她的同龄人面前故作高深
以她小小的年龄，哪里知道
信守秘密何其沉重
沉重得过早初识死亡，一生
将沦为人质

2023 年 12 月 5 日

半颗药

有一种药我每天要吃一颗半
医生建议，早餐后服用
遵照医嘱的后果是
有时晚上忘记了服用别的药
于是自作主张
那种药，我早上只吃一颗
晚上服用半颗
因为那半颗，你会切分药片
或者找出之前切分过的
这半颗是特别的、例外的

多年后，我仍会记起这剂量
尽管我会忘记那是什么药
我会记得那半颗作为一种提示
不仅仅是一种药，不仅仅是
与一种病较量

2023 年 12 月 18 日

磨　盘

当磨盘里什么都没有，转动它
比起磨盘里填进了
黄豆、高粱、荞麦、大米
可要吃力得多

我们熟知的磨坊里
凡受碾磨的都变成粉末、流汁
无一不像被加热过似的
那漫溢的令我们欢乐

越是空转越不轻松
费力纯属徒劳
当人们全然忘却
咒语也是心印密语
它就变成了咒骂、诅咒
变成了咬牙切齿

2023 年 12 月 20 日

论噩梦

我做过噩梦，哪怕极少
也不愿意用语言去重复
不愿意去探寻它缘何发生
不愿意将它视为经历的一部分

的确，那并非"亲身"经历
但冥冥之中那猝然的一击
带给你的悲苦，竟如真实的经历
那样难以掩饰
它以含糊其词，嘲笑你的信誓旦旦
莫名的忧惧，令你醒来后步履迟缓

如果盲信就输给了噩梦
但这不关乎信与不信
而是你突然失语——
像战乱中被劫持的幼童
面对撕掉面具的恶魔，被迫目睹
骇人的兽行

不，这是一个错误的比喻
悲哀在于，如刻薄者所言
"将人类过度拟人化了"

你愿意心怀敬畏，但不知道

该向谁恳求：

你经历的噩梦，止于你这里

2023 年 12 月 21 日

在松阳酉田村看日出

晨曦微露
昨夜的云朵不见了
草木蒙霜

鸭子和鹅在池塘里游过几圈
回到岸上扑腾着翅膀

几只狗边叫边跑，我冲它们点头
这个时辰，它们才是自己的主人

遇到的第一个人是一位农妇
寒暄过后，她告诉我看日出的最佳位置
"再过一会儿就出来了"
我没有打听她说的"一会儿"是多久
这里，时间无须精确到分秒
日出月落，也不担负为人间对时

南方，遥远的山峰披着云霞
东边，背阴的那一面，山体仍是墨色
西边的山坡上，树木已投下阴影
我不再指望能有幸拍下
云霞簇拥的那一轮红日

当它从东山升起时，我的眼中
会是明晃晃的太阳

这个清晨，没有如愿为手机相册
新添一轮红日。但多了一只狗
当其时，它也朝东山凝望
晨光中，这单独的一只，出神的样子
简直让人不忍以狗来称呼
我和它同属造物，一同注目朝阳之所在
在期盼中，我们身上
因为沉睡而变得陌生的部分
正待唤醒

让时间慢一点吧
不知为何，我甚至不愿看到
一同望向朝阳的
那造物，从出神中转身

2023 年 12 月 24—29 日

画柿子

这是最好画的树了
凛冬，树叶落尽
树枝，简约的线条
一颗颗红柿子点缀其上
可以让它尽可能地多

如果只画柿子
只画三五颗
反而不那么容易
从多到少，不变的是红柿子
只是越少越不好敷衍

从全称到特指，并不等于
从全景到特写

有人画过六枚柿子
或圆，或方，或扁，形态各异
有的用了浓墨，有的只是一笔带过
唯有对每个柿子的柿柄
都一视同仁：着色一致，笔法相近
可见其郑重其事
一位扫地僧，曾经诈死多年

他的画里，留下了太多的空白
似天容海色，似云烟俱净

我们知道柿子之软
何曾想过柿柄之韧性？
有人试过，一锅牛肉炖烂了
其中的柿柄
还是硬的

2023 年 12 月 31 日

风　筝

一夜冬雨过后，公园里游人稀少
空荡的广场上，只见一位老者
戴着帽子、耳罩，手持绞盘
偶尔抬头望一下风筝
风有点大，他用的是达卡隆 1 号线
长 3000 米，放出的大约 500 米
看不出他是如何通过绞盘
把握风力、风向，只是料想
他应是个中高手
"我放过的风筝，最长的线有 6000 米"
难以想象，数千米之遥
视线里的一只风筝会小到什么程度？
此其时，凭借什么样的经验
才能自如地收放？

只要乐意，一个人可以同时放出
很多气球，但不可能放出两只风筝
落叶旋飞，忽高忽低
无法分辨是从哪棵树上掉下来的
离开那位老者之后，我经过的地方
高楼之外，有香樟、朴树、落羽杉
我已完全看不到他，即便

没有任何障碍物存在于我们之间
但看得见风筝，独一无二
飘飞过堪称地标的某座商厦之上
从前的纸鸢，难以望其项背

不像烟花那样引人驻足欢呼
风筝不属于夜空
不在节日里争奇斗艳
且因为须臾不离的绳子，甚至可以嘲讽它：
像穿着囚服在晴空飘摇
但它在翻飞中
达到了紧绷与舒展之间的极限
相形之下，一个个僵立的身影
更是委顿不堪

我已不再常去那座公园
即便偶尔重返故地，我所见到的
也因时而异
只是有时，在一片开阔地
抬头望着晴空、蓝天
视野里仿佛就有一只风筝飘荡其中
那位老者，戴着帽子、耳罩，手持绞盘
以及他不无得意的神情
也会一同浮现……如其所言
他只是受托于那些屈身的、难得一见天日的

带它们出门，透一口气

2023 年 11 月 19 日，12 月 31 日

第七辑

2024年诗七首，写给母亲

释　梦

偶尔我还会梦见父亲
只是越来越少
梦见母亲的次数更少
梦见父亲的时候，母亲
不会一同出现。反之亦然

总觉得哪里不对劲
又觉得再合理不过
父亲过世十年多了
老母健在——谢天谢地！
他们本不在同一个世界里
即便在我的梦中也是如此
只能转而庆幸：这样也好
就这样也好

2024 年 5 月 17 日

母亲的手

晚年，母亲的手已完全变形
手掌不能平摊开来
骨节弯曲，手心手背满是裂口
母亲自嘲：丑得就像鸡爪

过往困厄的日子有如一盆大火
所谓养育
就是母亲徒手从中扒拉出一点东西
捧在手上，摊凉了，再一一递给我们
双手日渐枯皱如果皮
指甲一剪就碎，一碎就连带着滴血

最后的告别时刻
为了替母亲合上微张的嘴唇
我跪在地上，贴着她的耳边低声呼唤
亲吻她的额头，摩挲她的面庞
悲痛中我忘记了更应该做的

暮年，有一回为从高处捡回一枚鸡蛋
母亲跌倒在地，手中握住的鸡蛋
居然完好无损
悲伤的告别时刻，我忘了

替母亲揉一下病腿和双手

我的眼泪滴在母亲身上
因此，难以梦见母亲的面容
但是依我梦见父亲的经历
我知道，并非如此无望
母亲，愿您双手勉力呵护的
在这艰难人世，依然完好无损

2024 年 12 月 14 日，母亲辞世旬日

竹　床

电话中，我听见母亲吩咐妹妹
从堆放杂物的房间里找出两张竹床
以备自遥远的他乡回来的两个孩子
做临时卧榻之用
我和妹妹都觉得母亲犯迷糊了
长久卧床，她的时间意识或许已错乱
以为回来的两个孩子还年幼
可以在竹床上安顿

三天后，母亲猝然离世
我和弟弟将两张竹床拼在一起
垫上厚厚的棉絮，睡在上面为母亲守灵
我们充当了那两个她渴望一见的孩子
我和弟弟回到了幼年，挤在一张床上
（也许是冥冥之中母亲为我们指定的）
五个冬夜，在长眠的母亲身边
两个已是半老之人的兄弟，睡眠时断时续

那竹床已回归原处，并立于房间一隅
再也不必作为移动的简易卧床
如果只是将它们当作随意处置的旧物
那就太轻了

如果将它们比作两个失怙的孤儿

那就太大太老了

只有在这首卑微的诗里，将永远

有人认领

2024 年 12 月 16 日

恍　惚

我和我兄弟的名字只有一字之差
在老家，有的人已经不记得
我和我兄弟各自对应的名字
把大的喊成小的，把小的喊成大的
无论对错，有时我们都点头称是
反正，他们记得我们是谁家的后生
哪怕我的父亲不在了
哪怕如今我的母亲也不在了

在世与过世也只是一字之差
那些记得我们的长者也将相继谢世
冬日的晨雾中，我看到一只伯劳
仍在门前的电线上啼叫
不知从什么地方，传来了另一只的回声
它们之间相互应答、嬉戏，或许明天
它们将交换位置
我眼睛模糊，为此刻这美好又无情的早晨

2024 年 12 月 18 日

认　领

晾在阳台上的一件旧内衣
不知何时被风吹走了
我在一楼的庭院里找到了它
一位好心人将它挂在桂花树的枝杈上
这是我的衣服吗？
沾上了泥土、枯叶，皱皱巴巴
想起一位朋友，他的家庭有过变故
将幼子寄养在乡下
几个月后，他才见到孩子一面
心中惊呼：天哪，这是我的孩子吗
黑不溜秋，邋里邋遢
我们都替孩子辩解：那才更天然
更无拘无束呀
但眼前的这件旧衣服，脏了就是脏了
与野蛮生长毫无干系
只配做抹布
但一想到如果母亲知晓这件事
肯定不乐意我将它扔掉
母亲，如今以不在、以不在之在
指点恍惚的我
我乖乖将它捡了回来

2024 年 12 月 18 日

我站在我从前打电话的地方

总是如此，晚饭后步行一小时
然后上楼、回家
每个周日，上楼之前
我会在休闲亭的桂花树旁
给母亲打电话
有时伴着风声、蝉鸣声、蛐蛐声
有时很安静，只有几只猫
围拢在给它们投放食品的女士脚下

这几天步行回来，我还是会站在
我从前打电话的地方
凛冬即将来临
桂花树的树脚已被石灰水刷白
这使树干上没有被涂白的地方
看起来，像留下了一道道刀斧之痕

2024 年 12 月 19 日

大慈悲

薄雾中，太阳缓缓升起
天地间最大的慈悲，莫过于此

夜晚是个人的
朝阳属于众生
即便是干旱之年，冬日暖阳
仍然令人欣喜

如果，在这欣喜中
没有必须忍受的悲伤
我就不会像暖气片，在关掉开关后
发出骨节震颤般的异响

那少有的日子仍历历在目
和母亲负暄南墙下
我们的耳廓被阳光照耀
那样一种透明的红，好像那儿
依然是婴儿的肌肤

2024 年 12 月 28 日

余笑忠文学年表

<table>
<tr><td>1984 年</td><td>在北京广播学院就读期间，于《星星》诗刊发表诗歌处女作。</td></tr>
<tr><td>1986 年</td><td>大学毕业后供职于湖北人民广播电台。</td></tr>
<tr><td>1989 年</td><td>主持《文海纵横》节目，向听众推介当代作家、诗人作品。</td></tr>
<tr><td>1990 年</td><td>6 月，出差期间在北京购得绿原译米沃什诗集《拆散的笔记簿》，这是后来时常阅读的一本译诗集。这段时间与沉河常有往来，相互切磋诗艺。</td></tr>
<tr><td>1993 年</td><td>诗作十首被收入南野主编的《把青青水果擦红——中国新时期现代诗·湖北卷》。</td></tr>
<tr><td>1994 年</td><td>供职于湖北电台文艺频道（FM103.8），与杨虹共同创办《双桅船》节目，主要栏目有《文海纵横》《乐海文萃》《摇滚青年》等。</td></tr>
<tr><td>1998 年</td><td>抗洪期间，赴咸宁赤壁采访。</td></tr>
<tr><td>1999 年</td><td>开始用电脑写作。</td></tr>
<tr><td>2000 年</td><td>6 月起供职于湖北电台交通音乐频道（FM107.8）。开始在网络上贴诗，诗作由《界限》《终点》等网刊刊用。与宇龙、黄斌通过电子邮件交流诗歌新作。</td></tr>
<tr><td>2003 年</td><td>2 月 6 日，在单位值班时草成代表作《正月初六，春光明媚，独坐偶成》。</td></tr>
<tr><td>2004 年</td><td>6 月，与张执浩、李以亮、魏天无、哨兵等人创</td></tr>
</table>

办《平行》文学网。获《星星》诗刊、《诗歌月刊》联合评选的"2003 中国年度诗歌奖"。年底完成长诗《折扇》三十余章。

2006 年　12 月出版第一部诗集《余笑忠诗选》（长江文艺出版社）。

2007 年　供职于湖北广播电视台经济广播。获第一届（2005—2006）"后天双年度文化艺术奖·后天诗歌奖"。

2008 年　应深圳《晶报》副刊编辑汪小玲之邀撰写音乐随笔。2007 年至 2008 年共写有随笔二十二篇。

2012 年　7 月，应邀任《诗歌月刊》"诗歌月刊"栏目特约编辑，直至 2017 年 2 月请辞。

2013 年　供职于湖北广播电视台音乐广播事业部。10 月 21 日父亲亡故，此后写有《祭父辞》组诗。

2015 年　10 月底获第三届"扬子江诗学奖·诗歌奖"。12 月底，获"中国·李庄"杯第 12 届"十月文学奖·诗歌奖"。

2016 年　年末，湖北省作家协会举办"剑男、黄斌、余笑忠诗歌研讨会"。

2017 年　5 月，创办微信公众号"遇见好诗歌"，更新至今。

2018 年　9 月下旬，获第五届"西部文学奖·诗歌奖"。10 月，出版第二部诗集《接梦话》（宁波出版社）。12 月，与诗人亦来合作编选《有声诗歌三百首》，由华中师范大学出版社出版。

2021 年　诗作被译为西班牙语，收入诗集《山水无尽——

来自长江的诗》（阿根廷利维坦出版社，2021 年
11 月出版）

2024 年　12 月 5 日凌晨 4 时，母亲逝世，享年 84 岁。为
纪念母亲，诗集《我曾何其有幸》收录 2024 年
写给母亲的七首诗。

图书在版编目（CIP）数据

我曾何其有幸 / 余笑忠著. -- 武汉 ： 长江文艺出版社, 2025. 4. -- ISBN 978-7-5702-3845-3

Ⅰ. I227

中国国家版本馆 CIP 数据核字第 2024PR6456 号

我曾何其有幸

WOCENG HEQI YOUXING

———————————————————————————————

责任编辑：王成晨	责任校对：程华清
封面设计：祁泽娟	责任印制：邱　莉　王光兴

———————————————————————————————

出版：长江出版传媒　长江文艺出版社

地址：武汉市雄楚大街 268 号　　　邮编：430070

发行：长江文艺出版社

http://www.cjlap.com

印刷：湖北新华印务有限公司

———————————————————————————————

开本：880 毫米×1230 毫米　　1/32　　印张：7.625

版次：2025 年 4 月第 1 版　　　2025 年 4 月第 1 次印刷

行数：4634 行

———————————————————————————————

定价：58.00 元

———————————————————————————————